小说周边

藤泽周平

小说周边

[日本] 藤泽周平
竺祖慈 译

译林出版社

目 录

I

Ⅱ

Ⅲ

I

吊钟花

乡间的我家庭院有很多果树，记忆中有栗、柿、梨、樱桃、茱萸、树莓、杏、梅等。樱桃有小粒的，还有一种大粒的江户樱桃，我觉得跟现在店里卖的那种被称作 plum（洋樱桃）的属于同一品种。

柿有两棵甜柿和三棵涩柿。所有果树中，栗、小粒樱桃和两棵甜柿都是大树。

这些树不但结果，每逢时节，还会盛开各种各样的花。与邻家交界处的辛夷也是大树，虽不是果树，但这树在晴空中盛开着花朵的样子也委实好看。

即便是孩子，也并非只知口腹之欲，到了花季，自会留下花季的深刻印象。

在东京住下，刚开始公寓生活的时候，曾因周围树少而觉冷清，但东京的生活繁忙，并无悠闲鉴赏树木的余裕，于是很快就断了那念头。

但不久便逢都营住宅的抽签选购，我住进了面积不大却带庭院的房子。有了庭院，便可养花植树，一想到这，顿时又有了要树的念头。

但是庭院不大，柿树栗树是种不得的，想到这里，便买了梅和吊钟花，还有一种不知其名而叶子好看的树。

吊钟花在俳句的《岁时记》中有个美丽的名字“满天星”，我没见过那是啥样的树，所以在都营住宅广场的花木市场上一看到这名字，便毫不犹豫地买下了。

当时是秋末，树上没开花，我便猜度这满天星是什么样的花。《岁时记》上记载，花呈白色瓶状，开时下垂，令人怜爱。怜爱与否，非得见到开花时才能知道。我等着据说是开花季节的春天。幸运的是树扎了根，早春便萌出绿芽。

然而结果是：我家院里的吊钟花没开，但邻家的吊钟花却开得很欢，所以我还是得以见识了这花：小小白白的瓶状花，确实算得上令人怜爱。

花是看到了，我却觉得有点无趣了。邻家的吊钟花也是在同一处花木市场买的，为什么我家的不开花，这让我觉得不可思议。既然能长叶子，树本身就该是健康的。

我的结论是，也许是花开得晚，来年春天应该能开。于是又过了一年，花还是一朵都没有，邻家的吊钟花却开得比上年又盛了许多。

不久，我弄到一套二手房，搬到邻近的一条街上。搬家时吊钟花树也随行李一起运送，因为我对这树还是恋恋不舍。我想，到了某个时候，这树上的白花也许会开得满枝满杈的。

结果又是：吊钟花在新家依然一次也没开过，叶却长得茂盛，秋天成为红叶，仅此而已。

过了数年，我又搬到了现在住的这房子。这次我没再把吊钟花树带来，而且也没那个必要了，因为新家的院子里本来就有一棵吊钟花树。

不过还是有问题：去年春天，也就是我搬来的第一个春天，我并没见到吊钟花，也就是说那树没开花。今年花开与否，我正津津有味地望树以待。

（《自然与盆栽》1978 年 4 月号）

歌赛风景

周日中午，我常常会看 NHK 电视台的《我声傲人》[1]。之所以终于动笔写写这多年不变的歌赛风景，是因为这档长寿节目虽应已听腻看腻，不知怎的，其内容却好像不能说是一成不变，无论歌曲还是演出者的服装、唱法，都充分体现了当下的风情，其变化之丰富，简直令人目不暇接。

比如说，如果持续看这档节目，便可大致了解歌坛的流行动向。“红粉佳人”[2] 红得发紫时，无论哪里的转播现场都至少会有一组“红粉佳人”风的女生出场演唱《UFO》[3]，二叶百合

1. NHK 的一档业余歌手选秀节目，原名：のど自慢。1946 年以电台广播形式问世，1953 年改为电视和电台同时播出，一直延续至今。参赛选手由报名者经过资格审查以及各地举办的初赛产生。节目的转播现场巡回于全国各地设置。——本书脚注均为译注。

2. “红粉佳人”（Pink-lady）：1970 年代活跃于日本歌坛的女子二人组合。

3.《UFO》：“红粉佳人”的代表作。

子的《岸岩之母》[1]也常出现。要说最近，则是金田立江的《花街之母》[2]出场渐频，于是便可知晓金田已经走红。

高度成长以后，地方色彩的东西眼看着消失身影，《我声傲人》也应走出方言时代了。取而代之的是，走遍日本全国，看到的都是“飞女”[3]状的女性；男性风靡一时的长发转眼又变成短发出现在荧屏上。

最近，看到有的男选手从话筒的用法到失误时表情的设计，全都不让专业演员，便可知道大多是在卡拉 OK 歌厅练就的，这歌赛也就成了一面反映世相的镜子。正因它能极为敏锐地体现当下风情，对于不大外出的我来说已不仅是听歌，又平添了一番观察世情的乐趣。

有趣的是，虽还说不上是与当下世情相悖，但至少有别于活蹦乱跳唱《UFO》的女孩和卡拉 OK 练就的表演者的是：有的选手唱歌时给人一种认真专注于演唱实力的感觉。

他们参赛的歌曲是冈本敦郎、春日八郎、三桥美智也[4]往

1. 二叶百合子：日本著名演歌歌手，《岸岩之母》是其代表作。
2. 金田立江：日本著名演歌歌手，《花街之母》是其代表作。
3. 飞女：日本 1977 年的流行语，指追求自由、自立的一代新女性。
4. 均为日本 20 世纪的著名演歌歌手。

年的流行曲，服装和做派都无花哨之处，年龄大多已稍过盛年，那副好嗓子让人觉得他们若还年轻一定能走红。正是这些有点落伍的歌手，才能称得上是那令人怀念的时代的业余好嗓子的原型吧。

看着这档有如此出彩的选手登场的节目，我会感动得眼眶湿润，有时又被逗得忍俊不禁。

这些服装容貌平凡、在职场或家庭中都不会引人注目的男女青年，一旦面对话筒，却能展现意想不到的美妙歌声。每到这时，我的眼眶便会湿润。

我性格单纯，所以无论是小学生运动会的接力比赛还是这种歌赛的场面，都会让我热泪盈眶，却又不想让一起在看的家里人知道，便用大声喝彩掩饰过去。

在感到舞台上的演出者受窘的时候，我会羞愧。他们会因面对大场面演唱而不安并努力掩饰。如果他们能游刃有余地插科打诨，我还不至于羞愧，但若见受窘的他们在身处绝境时勉为其难地说笑掩饰，我就会羞得手心冒汗。不过这种羞怯也给这歌赛平添了一番色彩。展现好嗓子本来就有令人羞怯之处，这也是这档节目能够成立的一个方面。

我前面写到地方色彩已消失身影，其实也还有留存之处。电视中出现的是演出地的形象，看到时便会想到这是在这片土地上举行的演出，并对这自己还没去过的地方产生一种隐隐的亲切感。这也是《我声傲人》节目给人的乐趣。

（《小说春秋》1979 年 5 月号）

狼

在孩子还小的十二三年前，我常带孩子去上野动物园，如今已长久不去了。

看到电视里亲子同游动物园的景象，总会有大人勉为其难的感觉。孩子欢天喜地，旁边的年轻父亲却哈欠连天。不过这倒不一定是这位父亲讨厌动物园，也许仅是太累而已。

我也喜欢动物园，有时会以陪孩子为借口去那里。我喜欢的动物有狼、豹、海豹等。记得当时的上野动物园好像有西伯利亚狼等几个品种的狼。

有一次，刚刚走近狼圈，圈中的一只狼突然叫了起来，接着十几只狼都仰面而吠。那东西的叫声是所谓的“嚎”，声音阴惨而震撼。我在这初次听到的狼嚎声前伫立，意识仿佛麻木。

不知现在如何，但在生存环境更为险恶的从前，应有无数男人暗自认为：与其做群中的一只羊，不如成为一只独狼。但是狼也是一种不祥之兽，在交尾时，若被人看见，便会尾随此人，发现他告之别人，便会进行报复。因此，那些心中藏着一只狼的男人们，秘密应该也是不会与他人言的。

我也从未跟别人说过自己曾被狼嚎震撼，只是过了不久，我又去动物园，想再听一次那声音，却不知怎的，遍寻而不见狼。

我觉得自己是从动物园无狼之后便不再涉足那里了，哪怕有熊猫可看也不去。

（《野性时代》1980 年 4 月号）

暑夜

我家的空调像是来客专用的，仅在客人从外面挥汗而至时稍开一会儿，平时几乎不用，于是我的书房窗户敞开，只拉上防虫的纱窗，我则仅着一条短裤写作。

夏天炎热天经地义，不热反倒令人困惑。于是似我这种不用上班的人，可以开着窗吹着风光着身，傍晚时冲一把澡，嘴里嘟哝着“真热真热”，想着马上就可凉快了。

尽管这么想，可是书房在二楼，白天温度升到三十四五度，窗外吹来的是热风，所以不管怎么顺其自然，也还是太热。

到了我这个年龄，体温好像不能像年轻时那样顺利地自然调节了，最近如果冒着炎热工作，便会上火，而且到了傍晚也不见好转，一试体温，37.2 度，有点发热的状态。

无奈，只好下楼午睡。二楼跟楼下房间的温度相差三度，我一般习惯午睡一小时左右，以备晚间的工作。天热以后难以入睡，就索性取消了这个习惯，大概这也是发热的原因之一。虽于心不甘，但到底到了勉强不得的年龄。

但是午睡后再看看电视上的相扑比赛，天黑之前就什么正事都不能干了，于是吃完晚饭就迫不及待地坐到书桌旁，可是书房还是热，再加窗外又传来社区组织的盆舞[1]的声音。举行盆舞的地方好像离我家有步行十分钟的距离，但是如果顺风，录音机放出的音乐声、鼓声和话筒传出的声音，简直就近在耳边。

尽管如此，那伴舞的音乐，分明还是我女儿上小学低年级时流行过的盆舞歌。如今还在用，是因为后来再无适合孩子的盆舞歌代表作，还是因为主办盆舞活动的社区职员的懈怠呢？

我想起唱这首盆舞歌的是I氏，当时人气绝顶的这位歌手如今已从电视上消失，最近在从事什么工作呢？面对稿纸，我不觉在为这些事分神，所写小说则毫无进展。

既然如此，好像不如索性关上窗子，打开空调，可是我并

1. 盆舞：盂兰盆节（阴历七月十五）举行的集体舞表演。

没这么做，心想盆舞十点结束，还是再等等吧。

我这样写，并非标榜自己是自然主义者。我不特别以主义论事，说得稍微夸张点，只是对所谓的科学进步，从心底怀有一种固执的不信任感，觉得对种种文明的利器也不能一味礼赞。

我想这种不信任感始于人类拥有核武器之时。核技术的开发也许是科学的伟大胜利，但把核武器悬在头上而进退维谷的人类，却只能是一种漫画的形象。我丝毫不想否定科学给人类带来诸多恩惠，但是核技术以及最近的遗传工程学之类的出现，却不能不让我想到科学消灭人类的可能。从根本上说，科学可以不依存人类而行，于是有时就会侵犯神的领域。

当然，空调与神的关系倒更单纯些，我的神从上空隆隆而至，一场阵雨降临，像在显示天然空调宜人的优势。

（《小说春秋》1981 年 9 月号）

冬眠

我近来很少去市中心，一年约莫只去五六次，一般都是像冬眠的狗熊一样宅在练马[1]的深处写东西，偶尔去一次市中心就会觉得疲劳。

要说为何疲劳，首先是因为人多。以前夹在杂沓的人群中走路，会有自己属于其中一员的感觉，并无不好的心情，可是现在立刻就会疲乏，于是快快地走进吃茶店之类的地方。

此外，房子变高了，高速路出现了，市中心的空间渐渐变得狭窄，这也是疲劳的原因之一。要说高速路，深夜乘车回家这样的时候，比走下面的马路省一半时间，当真是个宝贝，可是如果由于什么原因而在下面的马路走走，就会因一种奇怪的

1. 练马：东京都内的地名。

压迫感而疲劳。我明白这也很自然，因为高速路是为车设计的，不太会把下方行人的问题考虑进去。

一去市中心就累，无疑是因为自己年龄越来越大，而且现在已成了一种习惯——我是这样想的。六七年前，我在新桥上班，乘西武池袋线去池袋，然后转山手线到新桥。从家到西武线车站要乘十分钟左右的巴士，所以算上换乘时间，路上大体要花一个半小时，那就是我的通勤时间。

高速路就是那时出现的，虽然挤占了市中心的空间，但记忆中当时我并没特别在意。我习惯了市中心的杂沓，并未因此有特别疲劳的感觉。

现在却完全不行了，去市中心办点事就觉得是个大工程。这也难怪，不上班以后，我的行动半径大大缩小了。

平时出门所去的地方，是步行最多十到十五分钟距离的吃茶店或书店，再走远点，便是乘巴士五六分钟或步行三十分钟距离的地铁站前。手上活儿多时，站前也不会去，顶多就是在附近的吃茶店喝杯咖啡而已。如此这般，怕去市中心也就理所当然了。

银座也难得去了。在银座附近上班时，会逛逛街上的商店，去画廊转一圈瞅瞅，到了当下这季节，会去四丁目拐角的三越百货看看圣诞装饰。那时银座就是身边的一条街，现在则偶尔在夜里参加聚会的回家路上去七丁目的酒吧坐坐。

夜间银座的氛围，至今我也并不讨厌，但若从练马深处去那里，怎么看也不像银座的客人，只是一副早早撤退走人的模样。银座似乎渐渐于我远去。

看看报纸，有我想看的电影或戏剧，还登着我想瞅一眼的画展之类的广告，尽管想去看看，身子却不动弹。

有时不巧是跟工作撞车而不能去看，但从根本上说还是懒得出门去市中心。今年几乎没看过电影和展览，只是像只獾子缩在家里。刚才说是习惯使然，其实自己对此也渐生疑问，觉得无疑还是一种老化现象。

旅行也是难得的了。因为写小说，有时不能不为取材而旅行。今年四月也从京都到滋贺、岐阜，独自走了四五天，这是今年唯一的旅行。

至于讲演，我也是一概回绝，最后大家都不再指望，谁也不找我了。住在千叶县利根川附近的堂姐家里盖了新房子，来电话叫我去住住，我也没去。

我是每年要回老家山形一趟，今年也没去成。本想等报纸连载的小说结束之后回去一次，给乡间的哥哥写信也说秋天回去，可是那小说写完之后又滴滴拉拉地接上了其他工作，到底还是失去了回乡的机会。

这种时候最要紧的是决心。如果抱着随遇而安的心情，是很难回去的。秋天的山形空气清澈，风景美丽，若能下决心回去，会有重生的感觉，可是旅行的准备又让我觉得麻烦，真是没救。来年夏天，我过去的弟子邀我参加他们的同班聚会，于是我想不妨那时再回去。

所谓弟子，是我三十年前在乡间中学教书时的学生。三十年过去，说是弟子，现在已是中年男女，女生中据说有的人孩子已经大学毕业。

不过，不管到了什么岁数，弟子还是弟子，师生关系不会改变，所以我现在还是摆出一副老师的嘴脸，只要被邀参加学生聚会，便会觍着脸去。其实见到旧日的弟子，就会想起他们三十年前孩时的面孔和声音。他们经历过人生的艰辛，作为一个平凡的自立者出现在我面前，让我不禁感佩而又悯恤。我想称赞他们的努力，可是有时又会因他们所说的种种艰辛而落泪，与他们执手而泣。

我是个端不起师长架子的老师，但我从教的1950年代初，师生之间还留存一种牧歌式的关系。学生是名副其实的弟子而有别于一般的他人，菜鸟老师也会愿意为自己的弟子做任何事情，校内暴力之类当下的社会现象那时是难以想象的。

有点离题了。反正我今年到底就此冬眠了，哪里都没去。

早上十点时分，我便沿着巴士线路往北步行。十点是吃茶店开门的时间，我一般都是这家店最早的客人，在没有其他客人的店里，边看体育报边喝咖啡。在回家的路上，我会看看书店，去一下邮局，便大致解决了一天的需要。

在适宜的季节，我会拐进住宅区，边观赏别人家里开着的花卉边散步，如果天冷则懒得散步，快快回家回到书桌前。这种全似隐居的冬眠般的单调生活，应该还会持续一段日子。

（《银座百点》1982年1月号）

无所事事的新年

不记得什么时候了，我和井上厦[1]先生参加某报纸的新年对谈，主持人问我们关于孩时的新年有什么回忆。

我记得自己当时说："从前学校里有元旦的仪式。"要说新年的回忆，应该有各种各样，但一直不变的还是穿着和式礼服上学以及唱《一年之始》；至于仪式上的《君之代》[2]和《教育敕语》[3]，则会有种种问题；"四方拜"[4]的存在，其自身作为一年之始的仪式，我觉得倒是一道特别的风景。

我家没有在校的学生，所以不清楚现在的孩子节日是怎么

---

1. 井上厦（1934—2010）：日本著名作家。
2.《君之代》：赞颂天皇的老歌，曾长期作为日本的代国歌，1999 年被定为正式国歌。歌词内容曾引起争议。
3.《教育敕语》：日本明治天皇颁布的教育文件，曾被作为军国主义政策正当化的工具，1946 年被取消。
4. 四方拜：元旦举行的日本神道仪式。

过的了。要说我女儿上小学的时候，节日里好像没什么特别的东西。

我完全不认为学校举办节日仪式是件好事，至于不举办仪式，自当有其相应的理由，所以我也并不特别关注，但从前那个时代，即使是乡下孩子也会在仪式日集中穿起正式的和式礼服，让我觉得新年也有一种有别于今天的季节感。

如果像我这样以写作为生，新年则更似带来一种暧昧的感觉。上班时，到了十二月便能拿到奖金，年底会有大扫除，工作告一段落，然后一直到新年上班之前，都不用考虑公司的事情了。如果由于正逢星期几的原因而须提前一天开工，还会跟老板发生一点龃龉。总之，岁末年初这段时间确实有些特别之处。

至于写作这个行业，工作完成便有过年的感觉，如果该在年底完成的工作未能完成，那就是一出悲剧，满脑子的工作，全无过年的感觉。也许正因如此，如果事先了解了全年的工作计划，过年也就带不来新的心情了。

总之，所谓新年，就是一段以其未来具有不可知性而出现在我们面前的时间，就是一本可凭我们所思所想而书写的空白笔记。所以年轻时会在新的日记本上寄托自己对未来的种种期望，诸如发誓戒烟、今年一定要怎么怎么云云。可是一旦连全年的工作安排都已知道，新的一年也就算不上特别的未知时间了，剩下也就是希望平安无事地完成这些工作而已，诸事未卜的期待感消失殆尽。

我这些年的新年好像就是这样过来的，而且在这种生活状态下，觉得一年岁月过得特别快。这种时光匆匆的感觉跟自己的老去不无关系，所以也带有一点可怕的味道。

不管怎样，新年还得跟别人一样过。这么一想，这两三年的元旦，我也换上和服去行初诣[1]了。

这初诣我也打不起精神去远处，就找了附近的神社。许是应了“大泉”这地名，这附近好像多为冰川神社[2]，搬家来这里之后的第一个元旦，初诣去的也是冰川神社。那神社太小，就像是建在农田中的一处祈堂，尽管神无大小，但我们商量下来，觉得这神社对于咱家来说好像还是小了一点，第二年便另

1. 初诣：一年中对神社或寺庙的第一场参拜，多在阳历除夕或元旦进行。
2. 冰川神社：日本具有代表性的古神社，深受关东地区广大民众信仰。以之命名的神社共有二百多处。

找了一处神社。这新找的神社离家更近了，也仍是冰川神社。这个冰川神社是一处堂堂大神社，其中还另建有副祠。我们商定把这作为自己的氏神[1]。

不过，此外还有真正的氏神，我家西南方向不远处有一諏访神社，据说这是包括我们所住街道在内这一带的总氏神。

我们听说后，便从去年新年开始往那里去，觉得终于因此找到了可以放心初诣的氏神，而且过去一看，威仪堂堂，不愧是总氏神。

初诣回来，贺年卡也到了。对于贺年卡，我总是不到期限不写，非到年底才寄出，所以我想自己发出的贺年卡最快也只能赶在新年第一周内到达，可又总希望能在元旦，至少也在元月的头三天里收到别人给我的贺年卡。这想法未免有点以我为主了。读读贺年卡，再看看电视什么的，元旦一天就过去了。如果手上的工作已在年内顺利结束，元月的头三天便都不想干活。

无所事事地发愣倒也不错。车声人声都难得听到，这种飘

---

1. 氏神：氏族的祖先神，与氏族有较深关系的奉斋神。

飘然的空虚感毕竟只有元月才有。芥川龙之介有俳句曰“元旦屠苏酬 凛冽清水冲洗手 暮趣藏寂幽”[1]，我觉得这首好句恰当地抓住了其他季节所无的那种独得的空虚感以及其中蕴含的孤寂。

与以前相比，如今商店元月歇业的时间似也长了。我这样的大烟枪，年末就必须关注香烟的事情。不过，这长假结束后，街区又渐渐恢复原貌。完全恢复之前，街区那一点点热闹起来的感觉确也不错。

到这个年龄，就不想再过那种不分年末年初的日子了，至少在吃七草粥[2]前的这段时间，我还是想整理整理贺年卡，看看电视，读读书，优哉游哉地度过。

（《周刊时事》1982 年 1 月 9 日）

---

1. 本书中出现的和歌、俳句，均由叶宗敏翻译，特此说明，并致以谢忱。
2. 七草粥：放有芹菜、荠菜等七种蔬菜、野菜熬成的粥，日本风俗在元月七日早饭吃。

围棋的个性

这两三年我很少下围棋，顶多就是看看报纸或周刊上的棋谱。其实去地铁站前便有围棋会所，家里的来客中也有会下棋的，我却难以打起精神抓住别人切磋一盘。真是孤寂。

造成这种孤寂状况多半是因为工作，写作任务比以前多了起来，我总是被一种莫名其妙的忙碌感纠缠，这莫名其妙的忙碌感是个怪怪的家伙，偶尔有个下棋的机会，它就会在旁边冒出“现在下棋好吗”或“这好像不是下棋的场合”之类的话，让我无法定心下棋。

其实我写东西并没忙到下棋的工夫都没有，即便说忙，自己的工作量也还是有数的，无所事事地发呆比写作的时间反倒多出许多。

尤其因为我是低血压，上午完全无法工作，看报、读信、体操日课、晴天去附近的吃茶店，这样就结束了一个上午。半天完全是游手好闲，可那个叫作“莫名其妙的忙碌感”的家伙这时却啥都不说了，看来它知道上午督策我是没用的。

因为知道上午下棋不会有什么东西从旁干涉，所以如果上午有棋友过来，我也乐得相陪，可是没人一早就来下棋。

“忙碌感”那东西一到午后就突然而至，催促我开始工作。“因为低血压而荒废了一个上午，不能一直这样姑息自己，别想着去围棋会所什么的，一去半天就没了！”——那东西冲着我嚷嚷。话虽难听，却是正论。我即使不情愿，也不得不在书桌前坐下。

于是，说起下棋，我能想起的就是四五年前的事了。当时参加了《周刊邮报》主办的围棋名人战，与我对局的有江崎诚致、富岛健夫、近藤启太郎、星新一等[1]。他们四位段位都高于我，因此对局时都与我有二子到四子的差距。

比赛中，与江崎和富岛先生的对局是锦标赛，我全无招架之力，两战皆负；与近藤和星先生的对局是公开赛，我一胜一负。

---

1. 均为日本作家。其中江崎诚致著有《吴清源传》等多种与围棋相关的作品。

与江崎之间是相差四子甚至五子的对局，结果是显而易见的，不过中盘的形势也曾让我有过希望，我怦然心动，但我对打入我方大空的白子应对有误，这种希望顷刻化为乌有。

那盘棋中，我飞的子有毛病，下子时已感该薄处非补一手不可，但江崎直到最后都没下那个子。他是强者。江崎的棋讲究平衡，特别在关键之处，无论是攻是守，都让我见识其独特功力的发挥。

富岛的棋也厉害。他的强处在于使人觉得隐藏着一种深不见底的弹力，我对此深感兴趣。这盘对局的开盘和中盘我都处于下风，到了终盘，曾出现过我几乎能够翻盘的惊险局面，但最后我还是完败。我觉得富岛今后还大有潜力——并非因为我输了才说这话。

对于近藤我毫无还手之力。他的棋风强势，我稍微留点不干净的手筋，他便强行攻入，吃掉我的子，就像疾驱于草原的大盗。我畏惧这类强势的对手，眼看着自己这劫后荒芜的阵地，唯有茫然以对。要想战胜近藤，必须再经一番修罗场的锻炼才行。

与近藤相比，星新一的棋则给人来路清楚的正统派的印象。这盘对局，我的子追击他打入的子，棋子一直往上延伸，形成两根竹子似的怪异棋形。最后我一目胜。

这都是很久以前下过的棋局，之所以仍留在记忆中，大概是因为对局的各位棋风各有个性而让我觉得有意思。围棋的理论，从根本上说归于一宗，但在盘面上的体现却因人而异，这也正是围棋的魅力所在。将来也许计算机也会下棋，但即便计算机下出最好的棋，大概也是下不出玄妙的个性。

（《围棋俱乐部》1982 年 4 月号）

活生生的语言

旅行途中，或者在电视、广播中听到方言，我心中总是充满一种新鲜的惊奇，夸张一点说，简直像遇到了活生生的人。这是为什么呢？

我想多半是因为自己现在有点厌腻标准语了，或者不如说是厌腻了支撑着标准语的模式文化，反被方言及其背后如今仍充满活性的个性文化吸引。当然，之所以能够这么说，是因为我在标准语的世界中生活了数十年。年轻时曾向往好听的标准语及其背后想象中的文化，讨厌自己使用的那种沉郁、浑浊的地方话。

可是想一下，起源于东京中流家庭语言的标准语，其实历史短浅且大多散发人工气味。我虽不吝认可标准语具有传达意志的功能以及洗练的发音，但也仅此而已了。标准语不能反映人们的生活，仅从生活之上一掠而过。

就以标准语中的“我爱你”而言，无论电视还是广播说出来都一个样，语言似复制般无力，但若让年轻人用方言说，就成了出膛般的一声“咱喜欢你”（我们东北方言），颇具震撼力。语言在方言生活中的使用就不是那么简单的了。

如上所述，方言来之于生活，方言的背后充满了气候、风土以及那块土地上的生活方式。方言有时能打动人，是因为它不仅反映了背后的文化，而且至今还保存活力。地方上的人们不妨大力使用方言，遇不懂的人再翻译成标准语即可。

（《妇女与生活》1982年7月号）

小川镇

因一次小小的采访所需，我来到埼玉县的小川镇。可能很多人知道，小川镇自古以来以手抄纸闻名。我是来参观这种造纸工艺。

说是采访，其实我住的地方与小川之间，乘巴士或电车也就是约一个半小时的距离，我与妻子同行，就似一次稍远的散步。妻子比我还懒得出行，所以就权当难得带她到绿色的郊外走走。

这话听来不错，但也只是一半的理由。要说实情，是因为我有幽闭恐惧症，常会在密闭的电气列车中发作，令我饱受折磨。不过我不能真说害怕独自乘车，只是一个劲地用美辞丽句想象那一带的绿色如何美丽，经我这么劝诱，妻也察知就里，就跟我一起来了。从妻的角度来说，半是陪护病人。不过电车很空，窗也开着，我们到达小川镇，一路上毫无幽闭恐惧症发作之虞。

虽然到了，我们却无明确的目的地。在介绍埼玉县产业的报载新闻中，写着关于现场演示手抄和纸制作的文字和联系电话，然后问清了是在试验场进行。就凭着这点信息而来，到了一处叫作埼玉县制纸工业试验场的地方。在试验场，这对不期而至的初老夫妇迎来的是诧异的目光，不过一旦明白我们访问的目的，人家便亲切地领着我们参观场内的操作以及和纸原料的展示室。

好像难得有普通的参观者来。参观快要结束时，给我们做向导的主任看着我递过的名片，带着狐疑的表情问我是哪个行业的。

有此疑问完全理所当然。我的名片上仅仅印有姓名、住所和电话，却无所属组织以及在其中的身份。因为是访问试验场，我把数年前印就却一次没用过的名片收进衣袋而来。我明白这虽能起到一点礼节性的作用，却不能证明自己的身份。

“唔……我是写小说的……”

“……”

主任无言，交替着看名片和我，脸上的狐疑越发浓重。这也难怪，所谓写小说，本身就不算正当行业。

“唔……是这样的，每个周三晚上，NHK 电视台都会播出我的小说，您如果看了也许会知道……”

我虽觉得自己这话说得太蠢，但如今是电视时代，权且用电视来证明自己的身份吧。我脸上浮现的讪讪笑容似乎让主任越发疑惑了。尽管如此，他还是亲切地在后面一个目的地手抄工厂给我做了讲解。

这一带大正年间有一百二十家抄纸作坊，如今只有二十来家抄纸厂，我们参观了其中一家 T 厂的作业，看了抄纸过程，买了几种和纸制品后离开了工厂。

不知不觉间来到了离车站很远的地方。累了，想喝杯咖啡，这里却不像会有吃茶店，而且也不像能等到朝车站方向去的出租车。一条长而笔直的公路上车流不断，却见不到一个人影。

那天很热。顶着暑日在路上走的只有我和妻子两人。我们夫妇为了喝在路上超市买的罐装果汁，进了一间神社，在那里歇了一口气后好容易走到车站，总算吃上了迟到的中饭，喝上了咖啡。

（《文化评论》1982 年 8 月号）

剩余价值

我这人也许比较顽固，听到“熟年”[1]这个词，便觉得这是个麻烦的说法。我自己属于初老之人，所以可以言之无忌，但还是觉得“熟年”之类，说的无非就是上了年纪。

确实，如果运气好，心身都并非不可能老得华丽，我自己也并非没有祈求这种幸运的心愿，但可能结果还是眼花健忘，腿脚疲弱，难逃全面老化的现象。

我自己也是离了眼镜就无法读写，偶尔外出就难以置信地疲劳。

健忘也很严重，在二楼想起有事下楼，到了楼下又想不起有什么事情，只好重新上楼去回想。

---

1. 熟年：日本 1980 年代开始流行的词语。无明确定义，一般认为指壮年与老年之间的年龄段，大概在 45 岁到 60 岁之间；有时则也被认为是对老年的一种委婉的说法。

实在不觉得有什么可为“熟年”之类而矫情的场合，上了年纪，就只有凡事不便的实感。

再往前走走，首先就必定成为一个痴呆老人。年老不是件好事，对此无须任何掩饰。

一方面这样认识，另一方面我又觉得人的老化属于自然现象，惊惶失措也没用。这样说并非十分矛盾，人要是年轻得过久，也会让人为难。

总之，随着年龄而变得老丑，从另一方面讲，不也是人所应该欢迎的一件事吗？

这样想开，就觉得年老虽然确实是件不愉快的事，但这种不愉快也并非到了难以接受的程度。事实上，我发现年老带来的也并非尽是不好和讨厌的东西，寿命的延续也会带来所得。

约一个月前，我在某杂志的布告栏登了一篇文章，寻求一本年轻时读过的书。

这本书是很久以前读过的，内容关于特洛伊、埃及的古遗迹发掘，仅仅是留下了很好的印象，但书名和作者名都已忘了。虽然忘了，仍存着有一天找来重读一遍的心愿。

可是，寻求此书在我的人生中并非重要部分，我还另有无数非做不可的事情，腾不出手去找这本书。这次写文章询问的就是这样一本书。

虽只是一本模糊记得内容，书名、作者和出版社都已全然不知的书，却从四面八方寄来亲切的信件。有人说可能是 C. W. Ceram[1] 所著《神・墓・学者》，还有人说可能是某套纪实文学全集中的一册。其实既非 Ceram，也非全集中的一册。

然而，最后由横滨的 I 先生寄来的明信片说可能是 A. T. 怀特所著的《被埋没的世界》。果真是这本书。

这本长年执拗地停留在我记忆中的书，居然属于岩波少年文库，也就是一本面向儿童的书。我为此茫然。

但是，I 先生让我得以在三十年后重逢这本梦幻之书。

另外，日前从老家来了一封信，写信的 A 氏是我恩师 M 先生的初中同学。M 先生年轻时死于疯病，我以前曾写过关于他的散文，一篇不足十五页稿纸的文章，但其中充满我对 M 先生的悼念之情。

A 氏在信中说读了我的文章，并说 M 先生的不幸至今仍

1. C. W. Ceram（1915—1972）：原名 Kurt W. Marek。德国小说家、评论家。

留在他的心头。信中还触及我所不知的M先生不幸的原因。

A氏的信消解了恩师的不幸在我心中长年留下的阴影，因为我得以知道有人比我更关注着M先生的不幸人生。

这种长期的心结在某日突然消解，也可视作“时间的恩惠”，大概只有靠寿命的延续才能得到。我们一生过得忙忙碌碌、无暇他顾，也许只有踏入老境之时才终于能领受人生的剩余价值。如此看来，年老并非一无可取，老后并非一片黑暗，这里好像充满了有别于年轻时的另一种光明。

（《别册潮》1982年8月，总第1期）

牙疼和运动

牙疼和运动理应毫无关系，但因最近一个月，这两样是我什么工作也不能做的主要原因，所以就放在一起说了。不过，牙疼是自己的事，运动则是我在电视中看别人做的事。

先说牙齿。我过去对自己的牙齿一直毫不关心，虽去看过一两次牙医，但没镶过牙，遇牙疼也是尽量忍着，能拔就拔掉。

于是大体就这样对付着过来，也并无特别的不便，可是这次的疼痛不同于往日，过去熬上一天就大致能压下去的疼痛，这次过了两三天还是不消。尽管如此，我还是不去看牙医，因为不喜欢去。当然，大概不会有人喜欢牙医，但我的情况则是有点过分，几乎对牙医有一种恐惧感，其中是有理由的。

大概是在五年前，我去附近的牙医处看病，当时正逢在给周刊写连载。像我这样的非力量型小说家，除非是月刊，手上若有了一份这种连载，就会疲劳困惫。

许是由于这种不良状态，说一声“拔牙”并被打了麻药之际，我突感不适，血往头上涌，心跳如鼓擂。

“医生，我不舒服……”

那位文静的医生吃惊地盯着我：

“很不舒服吗？”

“是的，很不舒服。”

“不能忍吗？”

“……”

“那怎么办呢？”

“今天让我回去吧，改日再来。”

我被从椅子上解放，回到家里。打了麻药后还逃遁的患者，大概也就只有我这样的人了。牙医默默地在就诊条上写上下一次的预约时间，心中肯定觉得我是个不可救药的患者。

可是到了下一个预约日，我还是没去，只是让妻带着盒装点心去牙医那里致歉。不知妻是怎么打招呼来着，反正我再也没去。至今我经过那家医院门口时，还不由自主地低垂着头。

由于有过那样恐怖和屈辱的体验，我这次也硬挺着不去医院。可是疼痛不见缓和，终于扩展到半边面部，根本没法干活。无可奈何，我这次去了附近另一位牙医处。医生说非拔不可了，我又被打了麻药。我想起了之前的事情，不过这位年轻气壮的医生根本不在意我的感觉，转眼间便拔掉两颗牙，然后让我每周去看一次。

再说运动。我在这方面的兴趣是从电视上的相扑比赛开始的。这次的秋场所[1]，从赛程过半到大关[2]隆の里[3]取胜都没啥看头，胜负结果在事前都可预测，让人兴趣减半。

我关心的是自己所偏爱的出羽の花，一到他出场的时间，就坐在电视机前黏黏糊糊地看到最后。可是，这位出羽の花也在关胁环节就落败，比赛越发无趣了。

相扑结束后便是职业棒球中央联盟的冠军之争。我难得在电视上看职业棒球赛，因为播放时间与我忙着干活的时间重叠，实在不能在电视机前坐两三个小时，要是每晚如此，就连饭都吃不上了。

---

1. 秋场所：每年 9 月举行的日本大相扑比赛。
2. 大关：与下文的“关胁”都是相扑选手的等级。
3. 隆の里：与下文的出羽の花都是日本著名相扑运动员。

唯独这次却看了不少。由于“中日”队的拼死奋战，改变了往常由“巨人”队轻取的局面，比赛好看了。我这么说，并非意味自己特别反对“巨人”队或特别挺“中日”队。

我只是如前面写到的那样，坚定地相信胜负直到最后才见分晓的比赛才具有醍醐之味。所以，如果“巨人”大胜，也许会让“巨人”的粉丝开心，我却一点也不开心，从这个意义上说，我就是反“巨人”派，因为“巨人”获胜的概率最高。

我的这种心理，无疑与所谓的棒球迷略有不同。球迷爱自己心仪球队的传统、球员、球衣和球帽，所以不管是否轻取，只要胜了就是万岁。

我倒不想对球迷的心理吹毛求疵，因为每个人心里大概都藏着一个能让自己烧香跪拜的偶像。

至于我，则纯粹出于一种近似嗜赌的心理，能够提心吊胆地看到最后就能得到满足。因此今年我支持“中日”队，这个“中日”队尽管疲惫不堪，却还在坚持战斗，所以我的稿子也就迟迟不能完成了。

（《现代》1982 年 12 月号）

野口昂明[1]的棋

野口昂明的棋力如何？同为画家理应常在一起下棋的滨野彰亲[2]应该知道准确的答案，但仅以野口与我的对局来说，他近年棋力大长，我已深有处于下风之感。

开始跟野口下棋，是在十来年前了。听说豪德寺的滨野家里有围棋聚会，编辑N约我一起去看。当时在那里的除了主人滨野之外，记得还有野口、海渡英祐[3]、户部新十郎[4]等几位。

我的棋力，几年前从日本棋院获得初段证书，但自己觉得实力只在一级水平，而且开始跟野口下棋的那时，就已是一级水平，而野口当时则是刚学棋不久。

---

1. 野口昂明（1909—1982）：日本著名插画家。
2. 滨野彰亲（1926—　）：日本著名插画家，日本出版美术家联盟会长。
3. 海渡英祐（1934—　）：日本推理小说家。
4. 户部新十郎：日本小说家。

于是当时跟野口的对局是我让他两子，结果还是我完胜。野口的棋确实是初学者的棋，处处是破绽，但他属于力战型，让人冒冷汗的大胆打劫给我留下印象。

之后的对局在三四年后。我和野口合作给某杂志写连载小说，跟编辑 T 一起，三人到我的老家山形采访。我们去以山僧闻名的羽黑山及其周边的山村取材，当晚住在鹤冈市郊的汤田川温泉。我从学校毕业后随即在这里当过两年初中老师。

晚饭后立即下棋。我已听说野口的棋力有长进，权且执白让他先行，结果正如传说那样，五局棋我二胜三负。

“下面该我执黑了。”

我嘴上这么说，其实多少带有一点社交辞令，觉得自己今晚因为喝了酒而负多胜少，否则还是可以执白再战的。

“不行不行。千万不能这样。我还不行呢。”

野口的语气很认真，不过野口毕竟是野口，说罢开心大笑，俨然深信自己执白与周平对弈的日子已经不远。

翌晨，走出旅馆的玄关，与泡完温泉的昔日弟子不期而遇。如果让此地的弟子们知道我回来，不免会给他们添麻烦，所以我想不打招呼便离去，却已来不及了。

“哎呀，老师回来了吗？”弟子看着我，眼神先是吃惊，接着便是非难，“既然回来，怎么能不通知一声呢？”

野口和T笑嘻嘻地看着我被这位已有两个孩子、十分威严的中年妈妈训斥。

下一次对局还是在我为某周刊写由野口画插图的连载小说时。在连载的途中，野口说想去日剧音乐厅看女子舞蹈表演。他说想看裸女，并邀我一起。我于是喜滋滋地与他同行。

看这表演，野口偏向艺术趣味，我则偏向情色趣味。看完后我们去银座的“玄”，和I编辑一起喝点小酒，然后下围棋。这次是一胜一负。

问题在于，这次是我先负一局，被逼而以强势赢回一局，从而争个平手。我的实力如前所说是个“万年一级”，毫无进步，但是棋历不浅，下过的场数远比野口多，至少懂得如何把野口那规规矩矩的棋局搅乱，从中取胜。那是我们之间最后一次对局，之后虽然在电话中常相约再弈，却因忙而未能实现。

孰料野口昂明前日忽然故世。死了亲近的人，总会留有几分悔恨。我至今还后悔：那次最后的对局中如若不是那样强硬，让野口爽爽地取得两胜，作为给他的礼物就好了。

要说后悔，还有一个遗憾。我给某杂志写了持续两年的连载，插图是野口画的。借该连载结束之机，我在山形订了水果给野口寄去。这是因为曾有多次为了赶交稿，插图在我的文字出来之前就画好了，我想借此礼物表达自己的歉意和谢意。

可是因为忙，水果寄出后，我既没写明信片也没打电话，以为收到水果后野口会给我电话，到时我再向他致歉致谢。可是唯独这次野口没打电话，而是写信表示感谢。那是在听到讣告的两天之前，我永远失去了向他致谢的机会。

（《书》1983 年 1 月号）

站前旅馆

为给小说取材，我常做一些小旅行，根据情况有时跟出版社的人一起，大多则是我一人之旅。

去年二月时分天气尚寒，我也因此类取材而独自去邻县的乡村小镇。上午九点左右离家，到目的地已过午后两点。为预订住宿地我曾做调查，这个镇只有两家旅馆，一家离车站步行三分钟，另一家徒步只需一分钟。我觉得一分钟总比三分钟好，就预订了这家。出了小车站一看，什么徒步一分钟，眼前就是我预约的旅馆。

我喜欢叫“站前”的地方。再小的车站，站前总有一角具有商店街的氛围，有着餐厅、美容店、小书店和游乐中心之类。对我来说，必需的就是可以喝咖啡的店，这样的吃茶店也起码总有一家，弄得好会有两家，最不济的情况下，只要仔细打听，也能找到一家可以喝到咖啡的简易餐厅。这就是所谓的“站前”。

而且，再小的车站，火车或地铁一到站，总会有数量不等的乘客上下车，站前广场顿时热闹起来。这种不知所谓的热闹也让我喜欢，如果再有站前旅馆之类，对我来说就是理想的站前风景了。我因此而满意地望着眼前这老旧的木结构旅馆。

我在这旅馆放下行李（一个手提包而已），立刻出去找车奔取材的地方。回到旅馆时，周围已经暗下。

让我惊讶的是，我刚到时很空的旅馆，这时已满是住客，而且这里没有餐厅，晚饭是在一间放着电视机、供住客用的餐室吃的。我和几个销售员模样的男人一起，默默地吃完了晚饭。

当夜，我上床前想锁房门，因为我房间面对走廊的入口处仅有老式旅社的那种纸质隔扇门。起初我也没太想过锁门之类的事，可是身边带着一些采访用的现金，而且这里住客这么多，想想还是锁上安全。

锁是有的，就是把铁棍插进小铁圈中的那种插销。可是我试了一下却不成功，隔扇门本身是歪的，我咔啦咔啦地弄了半天，铁棍还是插不进铁圈中。

这时，我听见对面房间也不断传来咔啦咔啦的插门声响。对面的房客是销售员模样的身躯高大的大叔，正如我防着他们，大叔好像也觉得对我这位不知底细的长发客还是小心为妙。等我放弃了锁门，对面房间也没了声响，大概也没锁上。

结果一夜无话。天亮迷糊中听到货车挂车厢的声音以及短促的汽笛声，不觉间勾起我的乡愁。

（《月刊小说》1983年5月号）

森林浴

“听说森林浴对身体有好处。”妻说。

我一般来说对健康并不关心，属于那种只做不健康之事的人，所以妻不得不时时关注我的健康。

仅就“森林浴”这个词，我是知道的。从字面得到的印象有点夸张，我想无非意味着呼吸和沐浴森林吐出的香氛和氧气，裨益身体。不过既然说森林浴，若非具有大面积山林的地方，怕是没有效果的。

“秩父如何？”

我这么一说，妻反问了一声：“秩父？”表情有点发怵。

其实我也是说说而已，并非真想为森林浴乘车去秩父。

“总之，有树就行。”我说，“附近哪里有树？”

“Y 公园吧。”

这么一说，沐浴广袤山林之精气的计划，眼看就缩小成初老夫妇从家徒步十来分钟去附近的小公园散步。

途中我们经过 M 医院旁。M 医院是我所住街道最大且具规模的建筑，属于精神科医院。我们谈起了三年前我误入这家医院时的事情。

当时我被严重的植物神经紊乱症困扰，不得不想到求医，某天便出去找医院。我平时散步常常见到 M 医院那貌似综合性医院的外观，便毫不犹豫地走进医院大门，站到接诊台前。

在没有家人陪护的情况下独自来精神科求诊，我这种情况让医院的人感到诧异。我也因这里门庭冷落，不见就诊的人影而纳闷。经过一段怪怪的问答之后，总算弄清真相，我匆匆离开医院。

我和妻说话间便来到我们要去的 Y 公园。虽说才是五月，已似盛夏般炎热，所以一走进公园的树荫，就有重生的感觉。我夸张地做起深呼吸，高兴地称赞这森林浴真棒。公园中还有孩子和看护他们的年轻母亲，不远处有打羽毛球的男女。

我们悠闲地散着步，快到里面的第二公园时，妻像突然发现似的说：

“今天大人真多。”

大人确实多。虽是工作日，却有二十来人在投入地玩羽毛球和棒球投球游戏，几乎都是中年男女，不过在妻说这话时我们才意识到这群人多半是来自M医院的轻症患者，再仔细一看，女性中还有穿白衣的护士。

我们不经意间不说话了，从他们旁边走过。现在好像有一种开放疗法，不再把患者关在医院，而让他们出来接触日常社会，以提高疗效。我对这种疗法不持任何偏见，可一旦意识到的时候，却又不知如何应对，怎么做都觉不得体。

所谓第二公园，只不过是用路隔开、与第一公园并排的另一个公园。这里有一对夫妇模样的男女在玩棒球投球游戏，看来是丈夫利用休息日与太太一起来公园玩。我们在旁边的亭子里坐下小憩。

“可是……真可怜。”

如今是精神平衡易受破坏的时代。患者大多是中年男女，他们的家属够辛苦的。我俩正在小声交换这些看法时，妻悄悄拉我的衣袖，她发现附近正在玩投球的年轻夫妇模样的两人胸口挂着同样的牌子。

“真怪，他们也是患者吗？不对，且慢，女的好像是护士吧。”

我这么说是因为那女的看上去在照拂对方，但我又不太自信。我突然觉得看似极其日常的事情完全翻转，使我们夫妻俩陷入一种非日常的世界，被一种怪异的感觉所袭。

可是，正常和疯狂多半只隔一层纸吧。日常中也会出现疯狂。简而言之，如果知道我们夫妻是来这巴掌大的小公园森林浴，别人又会怎么看我们呢？对此我难以设想，于是催妻离开了公园。

（《别册潮》1983 年 8 月，总第 2 期）

第三家医院

今年夏天一直凉快，可是梅雨一结束，便一转而成猛暑。似是对应气候这急剧变化，转热没多久，之前一直没事的牙齿疼了起来。

大概没人喜欢去看医生，不过我属极端怕去看病的一类，尤其对牙医，总是绞尽脑汁要想出可以不去的办法。

要问为什么如此惧怕牙医，是因为我认为那是外科，而说到外科，疮疡之类的手术权当别论，本来都是让患者本人熟睡，执刀医生用尊称为“手术刀”的东西悄然进行的事情。面对患者本人，并不嚷嚷着说明马上要切除哪里哪里。

可是牙医却对诊疗台上坐着的患者，也就是牙疼的人高声宣告“这里一定要磨掉一点”，“这颗牙齿已经晃动，还是拔掉吧”云云，而且立刻就响起瘆人的钻头声，所以令人畏惧。

于是，这次我也考虑尽量不去麻烦牙医。我从家庭常备药中找到据称对牙疼也有效果的镇痛药服用，硬挺了三四天，确实有用，但也许是连日服用的原因，这次肠胃又不舒服了，而且牙疼本身从根本上说也一点没有痊愈。我觉得已经到了极限，决定去看牙医。

对我来说，不限于牙医，凡看医生，都是希望能在就近的医院解决。虽不是去什么愉悦的场所，但也还是不愿乘车跑到老远的地方，如果步行五分钟之内能有大致对路的医生，乃是何等幸福的事。最近变得全无外出欲望的我就是这么想的。

要说牙医，别说步行五分钟，步行三分钟的范围内就有三家。尤其是 T 医院，与我家仅有眼睛到鼻子的距离，可我几年前在治疗途中从那里逃离过，如今就不可再去了。其次是 S 医院，我眼下正痛着的牙齿在那里治过，本来理应去那里看，可是那里的医生和护士都过于年轻而“酷”（也就是有点手重的感觉），让我们这种年岁的人有点望而却步。

是去 S 医院还是去更前面一点的 F 医院，我犹豫不决，结果这次去了 F 医院。至此，附近的三家牙医都被我光顾了一圈。F 医院的医生是位跟我年岁相仿的女性，拍了片子并做了应急处置之后，给我开了药，但说因为疼的是智齿，最好还是拔了。

给的是针对化脓的抗生素和止疼的药，但我平时一直在用植物神经紊乱症的药物，回到家里，妻就为此担心，又去医院询问能否并用。我这几年与植物神经紊乱症为伴，最近差不多要好了，但药还在用。

听妻说我有植物神经紊乱症，F医院好像也有点恐慌。下次我再去看时，医生便说不拔大概也有办法解决。真的到了决定拔牙的当天，尽管我自己说没问题，但在打麻药和拔牙的当口，医生和护士都交替着问我："没问题吗？没问题吧？"医生还宽解我说："麻醉现在也很简单了，九十岁的老人都可以轻轻松松的……"但她自己却是大汗淋漓的样子。

（《望星》1983年10月号）

照片上的笑

摄影师说一声“请笑一下”。尽管没什么可笑的事情，自己还是傻笑了一下，于是“喀嚓”一声，照片拍成了。这是常事。

让你笑笑，也许是为了纾解紧张，太紧张拍出的照片也不好看，所以我并不认为笑有什么不好，可是看着这样拍出的照片，总有一种假模假式的感觉。这是因为照片里反映的不是发自肺腑的真笑，而是一种拟似的、表演式的东西。各种真正的感情，全被隐藏在这做作的笑容之下。

假模假式的感觉不仅限于此，还因为露齿而笑的照片与实际生活之间有着相当的距离。

话虽这么说，也并非意味着我是双重人格，面对相机莞尔一笑，进了家门便挂下脸来。只是因为我家人少，又属于没有小孩的成人之家，所以笑也程度有限。我想这也并非特别阴郁，只不过属于极其平凡的日常生活而已，确实难像照片那样始终呈现愉快的笑容。

不过，之所以觉得照片总是反映笑脸有点不自然，也许是因为自己有时会对照片具有的做作的特性感觉不满。

可是，若照片拍的是真笑、发自肺腑的笑，是否就不错了呢？这里好像也有问题。我以前写到过：一天夜里我在二楼书房，停下工作读井上厦先生的《花石物语》，读到鸡先生对“水手”先生讲黄段子时，不禁突然大笑。

平时，我就有一些让妻怀疑头脑欠正常的情节发生，像这样夜晚十一点钟在二楼独笑，是会助长她平时的怀疑，应该避免发生，但此时我还是无法克制，大笑一场。

这应该算是实际生活与真笑之间天衣无缝的场面了，但回头想想，一个小老头半夜三更独自在灯下傻笑，这幅图景只能叫作瘆人的把戏，我可一点不想拍到照片上去。如此想来，照片大概还是在摆出一副做作的表情，叫一声“cheese”的时候拍下万无一失。

（《IN＊POCKET》1983年11月号）

屋顶的雪

公路对面的梅林初绽花蕾，进入四月的今天早晨又下起一点小雪，真不能说是风调雨顺。希望这是今年最后一场雪了。说到雪，今年是个有着种种新发现的年头。

比如说在积雪的路上滑倒这事，在电视新闻上能看到有人在雪地动辄滑倒，那摔跤的姿势在旁人眼里是有点滑稽的。后来，因摔倒而伤腰骨折的人越来越多，据说急救车的出动一天达到千次左右。这事虽不好笑，但我一开始还是有点奇怪：难道东京人不知道雪后路滑？

也就是说，如果下雪，作为雪国的人，首先想到的就是小心防滑。我也生于雪国，所以看电视时觉得自己是不会那样不慎摔倒的。

可是……雪还在下，摔跤现象还在继续的同时，各种各样的信息传来，其中有信息分析说，摔伤者中也有不少是雪国出身的。这时我突然想起从事建筑业同时又写短歌的友人 S 氏的歌：“横梁高悬框柱中 试图穿越行 夕日感觉已衰退 战战兢兢寻平衡。”

这事使我懂得：再说什么雪国出身，如果长期生活在与雪无缘的东京，针对雪的反射神经想必也会在不觉间变得迟钝，如果再加上年岁的衰老，雪国出身之类的经历也就不起任何作用了。

我家所在的场所是私营公路的甬道，下了雪当然需要扫雪，可是一看，每次下雪，老老实实奔出来扫雪的总是我家的主妇和对门 T 先生家的媳妇儿，而包括我在内的其他人，则都是不紧不慢地望着雪景而已。

妻和 T 先生的媳妇儿都是东京市区出身，其他人则都是外地出身，尤其是包括我家在内的四家人，老公都是雪国出身。

于是便可以这样假设：在东京的市区，今年这样的冬天属于特殊，历年的雪都是一过性现象，所以一下便赶紧扫掉，以恢复下雪之前的状况。可是在雪国，雪一旦积起，道路有雪便是常态，扫不胜扫，便无人去扫。雪国出身的人大概就因此而不热心于扫雪了吧。

这是我的假设，最近的情况当然并不清楚。近年来平均雪量偏少，再加不少城市冬天都备有除雪设备，以使道路车行畅通，所以即便在雪国，都市区大概也普及了扫雪。

然而，是否因此可说雪国出身的人对雪完全无所谓呢？经过数年的经验，我得出并非如此的结论。

我家屋顶只有一处装了“雪止”[1]。在这之前，一年降雪顶多两三场，但每次屋顶滑落的雪都会把雨水檐砸坏，修了还会砸坏。觉得也不是什么大雪，于是只在这一处装了“雪止”。

结果有了大问题。今年的雪不间断地下个不停，装了“雪止”的屋顶上积雪如山。向阳的南侧屋顶没事，而装了“雪止”的屋顶偏偏朝北，仅在午后极短的时间里能有日照，雪全然不化。

对路上的雪钝感的我却对屋顶的雪敏感，觉得若不清扫就会压垮房子。此类极端的想法，与其说源于孩时的经验，倒更可能是从先祖代代相传的一种对雪所持原始恐惧感的复苏。

---

1. 原文“雪止め”，一种防止屋顶积雪滑落的装置。

可是，屋顶这“雪止”是用马口铁葺的，不可能冒着危险爬到屋顶清雪，于是这雪一直留到三月下旬。

从二楼的窗户望去，周围家家屋顶上的积雪早就滑落，暖暖地沐浴着春日，唯有我家屋顶，有一处始终保留着冬景。这景观虽然有点难看，但随着太阳不断偏西，午后的日照时间也变长，冰山似的积雪终于融化。

（《问题小说》1984 年 6 月号）

邮局拐角

妻说要去邮局，我正好想喝咖啡，便决定一起出去。

“请你喝咖啡。”我说。

妻并无开心的表情。

妻不像我那样爱喝咖啡，而且跟我一起去吃茶店，结果都是她忙着点饮料和付账，遇我心不在焉时，还得帮我放糖，总之，显见是个打杂的角色，所以对我请喝咖啡之类伪善的巧语，她报以听够了的表情。

而且，那种把人生过得无比快乐的年轻夫妇权当别论，像我们这种已看腻对方面孔的初老夫妇，在吃茶店面面相觑时并无多话可说，只有看着对方的头发说一声“白了很多”，一边默默地啜着咖啡。

既然如此，似不如不邀别人，自己一人出去更好。可是到了这个年龄，若没人相邀，自己好像连出去喝杯咖啡的精神都提不起来，其深处是有着一种依赖于人的心理，也就是所谓的老化现象吧。以前并非这样，对外出喝咖啡有着热情，一到时候就麻利地走出家门，在常去的吃茶店固定的位子坐下，那表情恰如被人请来似的。这种时候只把妻子什么的当作累赘，是不会有兴趣邀来喝咖啡的。

那种精神饱满的黄金时代已经过去，我现在正茫然地站在邮局外的拐角处，等着可能是因为人多而迟迟没出来的妻。

小小的邮局位于有信号灯的十字路口的拐角。我站在邮局前面人行道一角的电线杆旁，红绿灯每一转换，眼前斑马线上便人来人往；在站着等信号灯时，也会有人盯着我的脸看，像是纳闷这老头干吗一直站在这种地方。

我于是转过身去，由面对车道改为面对邮局旁边的人行道。于是我看到了 F 牙科医院，不仅看到医院的房子，还看到像是诊察室的房间开着窗，室内有人走动。我又把身子转向右边。

大约一年前，我去 F 医院拔一颗蛀牙。当时是因疼痛难忍而直奔医院，拔牙时把 F 医生当神看待。因为以后要装义齿，医生嘱我拔后一段时间还得去医院看，我却再没听他的话。好了疮疤忘了痛，既然已经不痛，牙医那里可就不是我那么喜欢去的地方了。

话虽这么说，却连自己都觉得过于现实。我愧于自己的现实主义，以后走过 F 医院时，总是抬不起头来。如今面对那里的诊察室，我不得不转过脸去。

转向右边，我又看着过街的行人，这时一位骑自行车过来的少年突然向我点头致意，然后骑了过去。那是邻家的 Y。孩子上了中学之后，便不再在家门口玩耍，我已很久没见 Y，惊讶于不觉间他已长高了很多。

目送 Y 远去的背影，这时我发现旁边一位女子正吃力地要把停下的自行车拖到人行道上。邮局建在一片地势略低于人行道的土地上，骑自行车来的人因为前轮落到低处而要把车刹停，眼前这正与自行车格斗的人好像也是这样无意中刹车的，但因为自行车重，一旦想把它拽上来就不容易了。那是一位五十来岁的瘦小女子，我看不过去，便帮着把自行车拽了上来。

几天前有这么一件事。我偶然在自家附近一家拥挤的超市门口走路，听到身后一声响，接着就是孩子爆发的哭声。我回头一看，一个幼童仰面躺在地上大哭。

孩子在哭，那母亲模样的女性一手抓着自行车，一手压着所带的东西，站着不知如何是好。仅根据这种状况，我瞬间便想那孩子可能是从自行车的书包架上掉落，头撞上了人行道。当时我好像只是望着那哭泣的孩子。

正在这时，有人抱起孩子并跟母亲说话。周围有很多女性，她们似乎都在跟我一起看着这瞬间发生的状况，而我则跟那位母亲和孩童靠得很近，却根本没有出手相助。

我离开后，还能感受到这事给自己的冲击，感叹自己的反射神经变得迟钝了，但又知道仅此难以解释，觉得就算能写出打动人心的小说，但若不能抱起跌落在眼前路上的孩子，仍是一个无用的人。这种过度的自责现象或许也是老化现象的一种，但不管怎么说，这件事让我意识到自己作为一个人而呈现的衰弱状态，并为此无语。

这次出手帮助这位拖自行车的女性，也是因为瞬间想起了上次的事。面对她的道谢，我面红耳赤，觉得做了一场拙劣的表演。我匆匆回到原先的位置，这时妻也总算出来了。

（《潮》1984 年 8 月号）

山谷之路

说起独自旅行，首先想到的有：还在公司上班的年代，从札幌经过室兰到函馆，乘青函摆渡船和夜行列车回到东京；还有从京都周边出发，经过彦根、关原、岐阜到名古屋的三宿四日的采访旅行。在这些旅行之忆当中还带着一次陆羽东线的火车之旅，为时仅两小时三四十分钟，却成为一个难忘的回忆。

这次旅行并非前面所说的公司出差或小说取材，而是一次漫无目的的任性之旅，而且距离短，所去之处又是我全然未知的土地，大概因此而难忘。

七年前的五月，我去仙台演讲。最近我已既无闲暇又无体力，对这类活动极力辞谢，而当时却被一种义务感所促，四出演讲。

演讲本身正如所料，结束时仅留下尽义务后的满足感，但是仙台有我的旧友蒲生芳郎，另外，松坂俊夫从山形，阿曾优二从神奈川赶来，晚上蒲生夫妇设酒欢宴。这次见面别具意义：我们都是山形师范时代所办同人杂志《破冰船》的同仁，借我演讲的机会在仙台相聚。顺便介绍：蒲生从事森鸥外[1]研究并有著述，松坂从事樋口一叶[2]研究并有著述。两人都是大学现职教师，同时还能举出这样的业绩，由此似也可见同人杂志时代之余绪。阿曾是公务员，但也负责文化方面的工作。

翌日，蒲生等人送我从仙台去小牛田。陆羽东线从东北本线上的小牛田向西，穿过奥羽山脉，一直到山形县的新庄。我从新庄又乘陆羽西线到老家鹤冈。

演讲结束后设计这条返乡路线时，我内心不太平静。我读书时在山形市住了三年，陆羽西线是一条常走的路线，但去山形时是从新庄换乘上行的奥羽本线，所以素无机会乘坐接续的陆羽东线，从新庄往东延伸的这条铁路对我来说，平素就是一条消失于未知远方的线路。

---

1. 森鸥外（1862—1922）：日本近代文学家。
2. 樋口一叶（1872—1896）：日本近代女文学家。

在小牛田换乘陆羽东线，约四五十分钟后到岩出山，这里旧时有伊达[1]家的城堡。火车入山而行，越过奥羽山脉的脊梁。时值五月半的季节，满山都被毛茸茸的鲜艳新绿覆盖。正在欣赏嫩叶之际，火车到了鸣子站。鸣子是以木制人偶玩具出名的山谷温泉镇。写到这里想到的是：我在鸣子随兴下车，在这没有一个熟人的温泉镇吃了荞麦面条，喝了咖啡。这就是一人之旅的醍醐味。

我乘下一班车去新庄。火车在越过县境处一个名叫堺田的高原小站停车片刻，我在空荡的站台下车，从公告牌上得知这里的村落存有封人（守关人）旧居。此时我才意识到火车来的这一路，正是芭蕉[2]走过的奥州小道的一部分。

芭蕉从一关到岩出山，途经鸣子、尿前、堺田和山中之路，在堺田的封人家住了一宿，“借宿山奥间 跳蚤虱子来做伴 马尿至枕边”就是在此地所作。芭蕉在这里又雇了年轻向导，越过山刀伐岭，下到尾花泽。山路白昼尚且昏暗，他在《奥州

---

1. 伊达：日本著名封建领主氏族。
2. 芭蕉：即松尾芭蕉（1644—1694），日本著名俳句作家。《奥州小道》是其重要的纪行作品。

小道》中记录了这次辛苦的旅行。

从堺田出发后约一小时，火车穿过山谷来到我熟悉的新庄盆地，我的陆羽东线火车之旅就此结束，但途中所见熠熠生辉的新绿群山至今尚存眼底。

（《45+》1984 年 11 月号）

岁末杂记

手上的事不觉间多了起来。想读的书和要回复的信件积压很多，看来有待年后了。贺年卡自然还没写，看来也要成为元月的工作了。买贺年卡的时候本来还安排好了日程，记得是以为十二月半可以写好的。眼下这样忙乱，想必还是在那之后的安排有不当之处。

当然，要说忙碌的内容，主要的工作就是：篇幅不算太长的连载小说两部、短杂文两三篇，此外还有单行本的校样要处理，仅此而已。这有啥好忙的，我自己也百思不得其解，但现实情况就是手上的事全无头绪，无奈只好给出版社打电话，恳求把预定来月截稿的小说宽限一个月时间。

究其原因，多半是与以前相比自己的执笔能力衰退，或是天冷而懒得去写去思考了，总之是伏案而无效率。在这种情况下，这段时间我的行动半径极端狭窄，如果不算两次去赤坂的诊所，平时顶多就是往返于书房和家门口的吃茶店而已。再忙也还希望确保外出喝杯咖啡的自由。

上午十点，我便出门去吃茶店。我所住的G街，热闹的地方也就是门口的巴士路而已，周围还留有农田和草地。去吃茶店可以沿着巴士路一直北行到一家S店，也可顺着相反的方向南行，超市里有一家J店。家里人对去S店无所谓，但不太喜欢我去J店。

那是因为J并非专门的咖啡店，还卖冰淇淋和烤章鱼之类，是一家面向孩子的店，要先付款再拿货。一份咖啡S店是二百八十日元，J店是二百日元。家里人不喜欢我去J，大概是讨厌我挤在孩子堆中倚着柜台边的栏杆啜咖啡的形象。

不过在J店，咖啡是用磨得很好的咖啡豆沏成，味道也不差，价钱还便宜，对于实质重于形式的我来说又何尝不可。可是再想想，一个白了头发的小老头，手攥两枚百元硬币在等咖啡的样子，在旁人眼里也许十分凄惨呢。虽这么想，如果时间不够去S店，我还是去J店，因为这店离家两三分钟的距离，顶多十五分钟，就可以在那里喝完咖啡回家。

十二月中，若说超出上述半径的活动，就是去已故的植物学博士牧野富太郎的旧邸牧野庭园，以及去地铁站方向的超市，在那里看一部卓别林的《大独裁者》。

牧野庭园在地铁大泉学园站的南侧，现在去，只有茶花还开着，但有必要去看看那里鹅耳枥[1]、瑞木、朴树冬天的身影。十二月的林中，树干的朝北半边因寒冷而显僵硬，朝南半边则在阳光下给人暖洋洋的感觉。

位于地铁站方向的新超市，外观到处都是金属板和镀镍层之类，是一座与安息香树之类的树木十分相称的超现代风格建筑。这里的五楼有一间摄影室模样的房间，经常放映老电影。

我这已经是第三次看《大独裁者》。看了三次，还是因独裁者辛克尔玩弄地球仪时孤独的芭蕾场景感到卓别林技艺的超群，而犹太人理发店里和着《第五号匈牙利舞曲》而出现的剃须场景，则仍然使我忍俊不禁。不过，也有以前不曾怎样让我感动的场面，这次却让我潸然泪下，并因而窘然，例如犹太姑娘汉娜对冲锋队员的义正词严以及理发匠最后的大段演说。

1. 鹅耳枥：一种桦木科落叶乔木。

我当然并非无条件地被大段演说感动，多半是因为上了年岁泪点下降。这么说也是因为如今的民主主义社会已经没有了卓别林创作《大独裁者》时那种蓬勃活力；另一方面，社会主义社会又与其追求的世界距离尚远，我们生活的时代与卓别林演说所唤起的素朴的感动，似也存在一些距离吧。

看完《大独裁者》出来，寒风吹起。这个时期，日没的太阳在秩父向丹泽绵延的群山上空不断向南偏移，过了冬至后，如今又回到北边。这是走向春天的一步。与人类相比，大自然的活动似乎更是不会有瞬时的停滞。

（《朝日新闻·夕刊》1984年12月28日号）

江户崎之行

去年十月半，我为采访去了一趟茨城县的江户崎，带着妻子，外宿一夜。如此煞有介事的安排，是因为我夏天过后身体不佳，妻不放心我一人旅行。

所以，与其说我带着妻，不如说是她带着我，两人蹒跚着出了家门。那天天气阴沉微寒，见那天色，便觉此行恐不顺利。果不其然，到了上野，刚在去取手的电气列车上坐下，便听广播说常磐线发生故障，本车停驶。

怎么办？听说东京站有去成田的快车，让我们去乘那车。

这么写起来简单，可是车上的广播照例是“听不清是因为你没好好听”，只听见喇叭声响，却完全不明白说些什么。结果还是妻来来回回跑了一圈，才得到刚才那信息。

曾经“勤劳动员”[1]时代的妻有个一遇困难就来劲的特点，我跟在连呼“东京站，东京站”的她身后，仍是蹒跚着来到另一个站台，但因为不知道东京站有这样的班次，所以为这预期之外的变更而有一丝不安。可是到了东京站，确实有去成田的班次，是在地下的四号站台出发。

一听说地下四号站台，我便心情不好。我有幽闭恐惧症，不太喜欢地铁。尽管好像有人说这可在核战时作防核掩蔽所，但那对我来说是不堪想象的。我想，到了那时候，管它什么放射能，我只希望把我一人丢在外面就行。

不过，对地铁我倒也并非一概排斥，刚建好那阵，每有新的线路，我也曾在并非需要的时候开开心心地乘着走一圈。我的幽闭恐惧症，抑或只是自己对过于快速发展的文明所持的一种潜在排斥感的时而浮现。可是到了地下四号站台，还是不行。

“明明是有京成线的嘛。”在东京站深深的地下站台等车时，我对身边的妻说。妻无语。我的语气含怒：“要是从上野

1. 勤劳动员：第二次世界大战后期，为解决劳动力极度不足，日本政府强行动员初中以上学生参加军需工业和粮食生产。

乘京成线就好了。”

乘电气列车，本来就是应该欣赏着窗外的乡镇和田园风光。在黑暗的地下奔走，这是交通工具的邪道。我这么想时，妻瞥了我一眼，那表情分明是真拿这老公无奈——到了东京站，而且已经走到了地下站台，这时还说这话于事何补？当然，也能看出她在为我担心。

“不舒服吗？”

“没有。”

其实很不舒服。但既然是“昭和一位数”年代[1]出生的，就没法说出口，只有憋在心里。这时列车进站了，而且居然满员。

带着破罐子破摔的心情上了车，发现前面的车厢有空座，但妻立刻发现这好像是对号入座的车厢，便说再往前去。我虽不愿被人这样特殊照应，但也只好以幽闭恐惧和年龄为由自解了。

1.“昭和一位数”年代：指昭和时代的头九年间，即 1926 年到 1935 年前后。这段时间有关东震后重建以及世界性经济危机等。一般认为这段时间出生的日本人具有能吃苦、有韧劲、认死理等特点。

到了有空位的车厢，本认为是地铁的这车，短短的三分钟后就在锦糸站上了地面，我的郁闷一扫而空，总算有了旅行的心境。

我不是初次来茨城。为了写关于歌人长冢节[1]的小说，约两年前就曾来过，后来又接着到过三次茨城西部。更早时候，我在企业小报当记者时，也去过茨城县的水户市、上浦市采访。与关东其他地方相比，茨城县也许可说是我非常熟悉的一片土地。

在水户市，我曾为采访县内的肉猪生产状况而去访问县政府。最近情况虽不了解，但我来采访的当年，茨城县以石冈市为中心，曾是关东肉猪生产第一县。

此外，上浦市郊有 P 公司高度自动化的新型火腿香肠加工厂，我也曾几次去那里采访。

从郊外的工厂回到上浦车站，有一次离下个班次的候车时间尚多，我便想到去霞浦看看，到了那里，没想到的是湖畔有轻部乌头子[2]的句碑，碑上所记的是她的名句“南归雁初

---

1. 长冢节（1879—1915）：日本和歌诗人、小说家。
2. 轻部乌头子（1891—1963）：医生，俳句诗人。

现 苍寂啼鸣响高远 夜雨声如幻”。那时在我的头脑中，与小说相比，更倾向于俳句，《马醉木》[1]俳人轻部乌头子的这首名句也在我的记忆之中。我带着意外有获的感觉，在句碑前伫立良久。

那之后过了若干年，我开始写小说，曾有过一篇名叫《入墨》的作品，最后写到夜空下只闻其声不见其踪的雁鸣。记得当故事以此结尾时，我觉得自己像在剽窃乌头子。

言归旅行。我们从成田换乘成田线，在下总神崎下车，从外面观看了寺田家——那是长冢节的友人寺田宪的故居——然后经过香取神宫，到佐原再乘火车，越过利根川，到鹿岛神宫的酒店时已经入夜。翌晨乘火车回到佐原，再换乘巴士去目的地川崎。

不乘出租车而乘巴士，这是妻的主张，而且正确。巴士沿新利根川而行，速度不快，我们得以观赏水边美景并留下印象。我觉得自己完全恢复了元气。

天依然阴着，巴士到江户崎时下起雨来。我立刻去拜访镇

1.《马醉木》：1928 年创刊的俳句同人杂志，前身为 1922 年创刊的《破魔弓》杂志。

公所，与名片一起，递上了文艺家协会的会员证。

“这作为身份证明吧。”

我自己也曾在职场干过，了解接到没有名衔的名片时的困惑。若解释是写小说的，可能反倒引起不必要的混乱。我也知道自己并非那种无须通报名衔而可通吃的名人，所以拿出会员证，希望对方能从协会新闻中看到过有关某某会员的报道。

果然，比起没有名衔的藤泽周平的名片，镇公所的人好像更相信文艺家协会的名称和公章，把我事先用电话索要的资料给了我，并亲切地给我画了我所去之处的地图。

结束了雨中的采访，约莫到了下午三点。叫了出租车去取手站时，我已累得两腿发硬，不过还是得以在傍晚稍过时分回到练马的家中。

（《别册文艺春秋》1985 年 1 月号，总第 170 期）

关于爱伦·坡

我因感冒卧床近三周，最后实在躺得太累，就整天在被窝里读悬念小说译本。如此滥读，要论之后印象最深的，还是已属再读、三读的爱伦·坡的小说。为何至今仍有初读他作品的感觉，我是能找到一些理由的。

二十来岁时，我常读爱伦·坡，但最让我心仪的，还是写出《乌鸦》《安娜贝尔·丽》的那个诗人爱伦·坡。我感动于其悲剧性的生涯，以至写了评传以作备忘，并且发表在同人杂志，可见相当热衷。不过由于诗人爱伦·坡的先入为主，与其小说的交往，我倒觉得自己过去一直抱着相当敷衍的态度。

总之，现在我几乎是不可思议地接受了诸如“《莫格街谋杀案》、《金甲虫》是杰作”，“爱伦·坡的小说被认为是近代推理小说的滥觞”等说法。他的推理严丝密缝，让人觉得推理小说就该这样。

此外，《厄舍府的倒塌》等小说好像只被读作象征主义的作品，而对我来说，《厄舍府的倒塌》《黑猫》《莫斯肯漩涡沉浮记》都属同一系列的恐怖小说杰作，爱伦·坡才能的多面性和丰富性令人难知边际。

（原题《读书现在时》，刊于《文艺春秋》1985年5月号）

冬天的散步道

只要不下雨，我总尽量在早晨出去散步。我既不打高尔夫又不会跑步，大抵就是坐在桌前写东西或读书，再就是听听音乐磁带，所以每天三十分钟的散步便成了我唯一的运动。

出了这条街，沿着中学旁边的路一直往南走，便到了一个小公园。公园里有杂木林和广场，还有为数很少的儿童游乐器具。林中有栎、枹、松、枥、榉、樱等树木，还有形状奇怪的接骨木。

冬天扫过落叶的公园，一眼可以看到树林深处。虽有寒风穿过，但只要天好，阳光就无处不在。冬天的杂木林比夏天更明亮，也是被这明亮吸引，我会一直走到杂木林的深处。

关越高架公路横架于公园上方，我从公路下方穿过，走到向阳的南侧，便看到公路的混凝土粗柱上写着“不要政府”，旁边则用更大的字写着附近飞车族的姓名。这些涂鸦显示着社会并不完善，社会本身存在着挑动反社会情绪的要素。

沿着关越公路往西走，途中便可离开那些喧嚣的混凝土建筑并进入住宅区，上坡就是小学的拐角，运气好的话，还可看到孩子们在课间生气勃勃地玩耍。

走出小学区域，便是一条有着大片草坪的路，草坪对面是一大片农舍和漂亮的大榉树。冬天的树木具有一种去除一切虚饰，以其本来思想而立的意趣。

再稍老一些，我也会变成那样，应该做好思想准备了——带着这样的念头，我沿路再往右拐，爬过变电所旁边的小坡，又是一条左右都是草坪的路。有风的日子，正面迎风时会冻得流鼻涕。

二三月是猫族恋爱的季节。一个暖和的日子，走上坡道时看见草坪一隅有三只猫中的两只猛地出奔，追赶的那只猫眼看逼近距离，一场乱斗即将发生时，被追的那只以一个漂亮的冲刺脱险，在墙根后面消失身影。追它的那只猫蹲在墙根这边伏守，一副执着的模样。看来它们是三角关系。

我又继续走，看到一只猫出现在路上，大概是引起刚才那场争斗的雌猫，长得意外地难看。我不禁莞尔，想到漂亮女性跟魅力女性大概不是一回事。正当我归纳出这点感想时，出发点附近的巴士路已出现在眼前，我的散步也将结束。

（《妇女与生活》1986 年 5 月号）

Ⅱ

「啊噗啊噗」

孩时的我可能有“水难”之相，反正经常掉进各种有水的地方。大概三四岁时，我掉进了传吉家的“溜壶”。我出生于山形县的乡间，村子里每家的房子都有屋号，“传吉”是附近一户人家的屋号，本文下述也都同此。我家屋号叫“太郎右卫门”。

所谓“溜壶”，是承接厨房污水的地方。我整个人掉了进去，拼命挣扎，幸而被隔壁传左卫门家的妈妈看见，她从墙根钻进，把我救出。

那天我是被母亲带去传吉家的，在她跟传吉家奶奶喝茶聊天时，我一人绕到屋后，掉进了溜壶。

被传左卫门家妈妈的叫声所惊，母亲跟传吉家奶奶奔了出来。我被臭骂一顿，带到传吉家的净水池脱光了从头到脚冲洗一遍。

我在传吉家又一次掉进臭烘烘的地方。农家的堆肥叫作“肥冢”，呈圆柱形，旁边都积着堆肥沥成的水滩。所谓堆肥，是把秸秆和屎尿混合后堆积，使之腐蚀发酵，所以那水奇臭。雨后，雨水混着粪水，在肥冢周围积了起来，那是绝不亚于溜壶的肮脏去处。我记得掉进过那里，自己爬了出来，回家后挨骂也是自不待言。

然后就是掉进嘉太夫家的池子。嘉太夫家是我家邻居，面朝路的墙根内侧有一养鲤鱼的池子。我觉得好玩，常去那里看。一天，我在路上把头伸进墙根探看池子时，整个人就滑进了跟路有相当落差的池中。至今还记得那一瞬间鲤鱼摆动红身子的样子。它们一定在为这怪伙伴的不期而至惊讶。

这次是嘉太夫家的爸爸相救。后来经过嘉太夫家的池塘边时曾想起过当时的事情，却又纳闷：池子这么浅，怎么会在这种地方溺水，被水淹没呢？

村东有一条宽五六间[1]的河流，村里的孩子们从上小学前开始，到了夏天就在这里游泳。

---

1. 间：日本长度单位，1 间 =1.818 米。

并非有河就可游泳。水流很急，若冒失找错了地方，转眼间就会受到水流冲击。我见过有孩子踏进以为水浅的地方，却被困住动弹不得，只能哭鼻子。水深虽然只及孩子的脚脖子，可是想拔腿上岸时，就因水流的力量而无法迈步，一边挣扎一边哭泣。孩子们就是在见识和经验这种场合的过程中理解河流的，使他们知道无论是浅及脚腕还是深至脖颈的河流都要试过，才能具备常去深水游泳的魔力。

我们的游泳场所因此而确定。为了防护河岸，有的地方要放置石笼。所谓石笼，就是把大石头垒在一起，用金属网包起来，像防波堤一样突出在水流当中。石笼周围就是我们的泳场，但也并非只要有石笼的地方都行。石笼内侧的水很深，然后缓缓地过渡到浅滩，而且浅滩附近是干净的沙地，这些都是泳场的条件。具备这些条件的最佳泳场离我家最近，夏季中整天都可听见孩子们游野泳的声音。

到了暑假，即使家中有事，我也听不得那声音，听到就会丢下手中的活儿，趁大人不注意一溜烟跑到河边，当然事后少不了挨骂饿饭。泳场水深处可以没及成人脖颈，会水的人在这里游泳、扎猛子，浅滩上则是光腚的幼童群互相打水仗。我在这里溺过水。我们乡下非常写实地把溺水叫作“啊噗啊噗”，记得我是在上小学时“啊噗啊噗”的。当时二三十个人在一起，所以“啊噗啊噗”不时发生，但总有高年级的同学立即相救，所以泳场从未有过孩子淹死。就似一种不成文的规定，高年级学生在这里游泳，同时就自动负起了这样的责任。我上了高年级时也是这样，想到今天只有我一个高年级生在，内心就会被一阵小小的紧张揪一下。

不过乡下的家长也真能放得下心，把有可能“啊噗啊噗”的孩子成天放在河里不管。也许会多少有点担心，但从未见过有家长为此而来看看。偶尔会有母亲涨红着脸跑来，却并非因为担心，而是来找逃避做家务的孩子。母亲手脚麻利地从水中抓起孩子，兜头就是两三巴掌，然后抓去帮着干农活了。我溺水的时候是跟一个叫朝治的邻家孩子一起，他长我一岁。咱俩都离学会狗刨式还差一步，只能把脸埋在水里朝前挪动。我们比赛看谁能这样前进的距离更长，突然我看不见眼下方的蓝色河底，紧接着就“啊噗啊噗”了。在我就要失去知觉时，看到高高的石笼上一个高年级同学跳下水来。救我的人叫竹治。我被竹治按压涨得像青蛙一样的肚子，吐了几口水，就又回到河中。

我也救过人，那是当学生时。离村子一公里处的下游有个叫赤坂的地方，那里有好泳场。一处像拦河坝一样的地方，水从高处冲下，深处据说能淹没一根电线杆，其中随处可见可怕的漩涡。我去时，浅滩上只有四五个小姑娘，我感到一阵久违而怀念的紧张。

我登上高柱准备跳水时，一位姑娘溺水了。她被水流带向漩涡，事情突然变得难以置信。我立即跳进水中救起她，在河堤上按压她鼓起的肚子。这时我想起了自己被竹治相救的情景。

（《潮》1973年11月号）

「都市」与「农村」

算是旧话了。我从某报看到，国土厅 1976 年夏天曾做过“农村与都市的意识调查”，佐藤藤三郎先生[1]为此而怒。

佐藤先生住在山形县上山市从事农业，并以农村问题评论家而知名。介绍到这里，我还想加上一条——“山彦学校”[2]学生。尽管他本人也许不喜欢这个身份。

佐藤先生为何而怒，是因为针对这么一种说法：大多数国民都希望孩时在农村度过，青壮年期在都市工作，老后重返农村生活。

我也从报纸上看到过国土厅的调查报道，记得确实说高达

1. 佐藤藤三郎（1935—　）：日本农业家、农业问题评论家、作家、诗人。
2. 山彦学校：山形县山元村（现上山市）中学教师无着成恭把自己所教初中生的作文编辑成文集，取名《山彦学校——山形县山元村初中生的生活记录》，2008 年，岩波书店出版该文集。“山彦”是日本民间传说中的山神。

百分之七十多的受访者希望老年后回归乡村。佐藤先生斥之为农村出身而现住都市者的自私任性。

对于高度经济成长政策之后农村的变化，我们只是睁眼看着，其实变化的实态已到了乡村之外的人难以把握的程度，无论生产方式还是生活、风俗和意识，都已全无昔日农村的影子。

佐藤先生发表的文章和著述对我来说，都是一面理解农村现实的宝贵之窗。读了他的评论，我这样的人也得以理解农村现在发生的事。作为一位身居农村，现正艰难从事农业生产的人，他的话具有说服力。我因此而非常理解佐藤先生这次的愤怒，觉得合情合理。

人口正不断流向都市，农村因此面临荒废的危机，剩下的人为了维持农村的生产和传统节日、祭祀活动而饱受艰辛。走出乡村住在都市的人希望留住自然和田园风景，但又不希望自己被附加保存村祭等传统仪式和供给新鲜蔬菜的责任。佐藤先生说：那些身强力壮时在都市生活却不曾给农村任何回馈的家伙，上了年纪又想回到农村安度晚年，也太如意算盘。

读到佐藤先生这篇文章时，我条件反射似的想出这么一番情景：一对年轻的父母，带着两个孩子在走。父亲西装笔挺，系着领带，母亲也衣着时新。父亲出身脚下这片土地，但母亲和孩子对这里的方言都听不懂也不会说，孩子都用城里人的习惯称呼爸爸妈妈。父亲从村里出去，长期住在遥远的都市，这次是回到久违的故乡过盂兰盆节，带着好多礼物，正在去扫墓的路上。

途中遇到熟人时，父亲便打招呼，介绍妻子，这时的心情带着几分爽爽的感觉。

他向自己出生的屋子走去，一面对妻子夸耀着在她眼中并不出色的风景。他是这个村子中的一户人家生下的次子或三子，抑或是排行更低的男孩，总之不是长子。他现在一路上看着久违的故乡，觉得还是自己出生的地方好。他的心中充满一种从都市生活那种严苛的生存竞争中解脱，回归生他养他的土地时的安乐感。

这番情景多半是我自己年轻时的经历，也是我在故乡时常见的。对于这种情景，我如今已不能不感到某种羞愧。现在回村时，我总是不能不保持一种低调的感觉，这也许是因为自己对长年累月在村中留守者的心情已有几分理解。

身着优质西服，手提大量礼物，带着都会装扮的妻子回来，村里人也许会说他“发达了”，但同时也会觉得他已经不是村里人。拖着鼻涕四处乱跑的时候，他倒是村里人。

然而，他走出村庄，现在已不用面朝黄土，而是穿着西服上班，这就不是村里人了。留在村里的人还得过着刨土求食的生活，除非特别的日子，平时是不穿西装的。这种差别应该严格而清晰。

身着西服的他也许并没考虑那么多。虽在都市生活，他却还以各种原因而与村子相联。说话的口音、吃东西的嗜好都是联系的因素，他也确实不时会留恋地想起那片生他的土地，若有近亲的庆吊之类，他也会乘火车赶回。村子依然活在他的意识中。

他已不是村里人，却又不能完全成为城里人。这种半吊子的他，如今在都市中应属多数。尤其近年来都市的生活不像以前那样舒适，奔波于上班路上，空气污染，一定有人会担心自己在这种状况中渐渐老死，从而变得忧郁。也许正是像他这样的人，会对国土厅的调查给出老后想在农村生活的答案。

佐藤先生斥责这种想法有点一厢情愿。这是正理。离开村子的人是舍弃故乡的人，是不顾来日的人，是向往西装革履的人。他上班虽说辛苦，但与面朝黄土的农活相比，工作却是干净而舒服。

况且，年纪轻轻就能身穿西服，操着都市语言生活，相对留在村里的人，他难道就不曾有过一点自矜？

设若如此，人到中年时尽管会觉得都市的饮食不合口味，却也不能说是想吃村里的酱菜。他不必絮叨如何怀念故乡的风景以及村里的节日气氛，对于企业侵入以及公害的担心也都于事无补。只有那些含辛茹苦地留守乡村的人才有权利决定村子变成何样，别人不该死乞白赖地想回乡下养老。我也这样认为。

但是从国土厅的调查和佐藤先生的文章出发，我又想到了别的问题。

过去，农村的家庭都是多子女，老二老三一个个地生出来，父母对生育几乎无计划，而且也极少像现在这样让孩子升到高一级学校读书。农村中次子三子的前景是：极幸运者走出村子去做蓝领工人，剩下的大多数到地主家做雇工，同时寻求去做上门女婿的机会或者到部队当志愿兵以及参加警官考试。

在有军队的年代，次子三子的存在本身就意味着服了预备役，一旦战争爆发，他们就被大量驱往战场，立刻成为战斗力。军队对他们来说也是有力的就业去处，他们在那里被提供衣食，领取薪资，身体不适于军队的人成为征用工，有人脉关系者可能被留在企业当蓝领工人，战争结束后也就不回农村了。他们被村里人视作少数的幸运者。

但若除去这些少数的幸运者，战争结束后，农村的次子三子被剥夺了两大职场，即军队和因战后土地改革而消亡的地主阶层，剩下的只有做农家的赘婿，但这就像抽中宝签，是坐等不来的。

我的小说中常会写到武士家中在等入赘机会的次子三子，如若机会不来，他们就只有作为“部屋住”[1]一辈子过着很没面子的生活。

农村中始终都有让次子三子有饭吃的余裕，但若无入赘或就职的机会，次子三子还是会一生成为家庭的累赘，这就是“部屋住”一族。不断出生的次子三子一时成为重大的社

1. 部屋住：日本旧制下尚未继承家产的长子或无权继承家产的次子以下者与家长同居的状态。

会问题。

但他们还是一个个、一点点地走出了村子。我的小学同级同学或稍长一级的同学，曾一时有四五人离开村子。不知他们有什么关系，听说去横滨当了消防官。那是 1950 年左右的事。

听说他们当消防官时，我觉得挺能接受。农村的小伙子不仅是干农活的好把式，也能成为干练的消防员。

消防团组织遍及每个村落[1]，我的兄弟也曾在睡觉时把消防用的一套衣服和头巾放在枕边，做好随时应急的准备。那里的训练如军队般严格。

那时不像现在有消防车，他们拖着堆着水泵的车子，在路上一里、二里地奔跑，健步如飞，不惧危险。我的同班同学到都市当了消防官，但用消防车进行的消防作业应该比拖着车子跑二里路省力。

于是，他们在某一天离开了村子，但我想说他们并非舍弃村子。“缘由百般无 长子家门迈不出 恋巢老蟾蜍”，中村草田男[2]曾这样吟叹家中长子承担的命运之重，但是作为次子三子

1. 根据日本的消防组织法，在各市町村设置消防团，由一般市民、村民担任团员。
2. 中村草田男（1901—1983）：著名俳人。

的他们，也并非心甘情愿地离开村子。

他们这些人历经漫长而疲惫的都市生活，即使希望老后能在乡村生活，难道就该受到非难？

近年的情况我不太了解。我们曾有过实行普及教育和经济高度发展政策的时期，人们都从农村流向都市，农村出现不外出挣钱不行的变化，次子三子自不待言，连长子也不想继承农民的家业了。

他们这些新人也许是离弃乡村，或许今后仍将继续离弃。我最近回村，曾为孩子们的身影之少而惊讶。村里有时寂静无声，这在我孩时是没有过的，那时村里的孩子乌泱乌泱、闹闹哄哄的。现在这种现象也可看作乡村正被离弃的证据。

不过，表示要在农村养老的应该还不是这些新人，这些新人大概还要更晚些时候才会这样想吧。

我总觉得在“在农村养老”这个选项上画圈的应该是我旧时的朋友，是当了消防官的I，是当了海员而离开村子的K。这次调查久违地触动了他们对乡村所抱的潜在愿望。

然而，是否因为画了圈，I和K待年纪更大些就会回归乡村呢？我想不会。住房、家庭、职场如今都把他们束缚于都市动弹不得。急救车载着病人辗转于十多家医院之类的无情报道让人不寒而栗，他却还是不能离开这样的都市。我想，他现在多半已经忘记自己在调查表上所做的选择，而是在一天天的生活中随波逐流了吧。

（《回声》1977 年 2 月 1 日号）

留在心中的人们

那还是在很久以前的1953年。那年我在现在的东村山市的保生园医院接受外科手术，割掉一部分肺，并切除肋膜，从上面按压，是个大手术。

当时我在山形县的乡村学校当教师，为了治疗在学校集体体检中发现的肺结核，来到离东村山不太远的米川，住进筱田医院疗养。

筱田医院被杂木林和麦田包围，是个风景秀丽的疗养所，但没有手术设备，所以需手术的患者被送到保生园，做完手术并能行动后再回来接受预后治疗，直到出院。我也是作为这样一名患者，从筱田医院转到保生园接受手术。

近年结核病已非那么可怕，可在当时却是性命攸关。有疗效的新药虽层出不穷，仍有很多患者非动手术不可。

可是手术也无绝对把握。开胸成形手术之后问世的合成树脂球充填术当时也被认为是失败的，我要做的肺叶切除手术则属于一项刚刚定型的新技术，因此不免还是有一种对于死亡的不安。

不过，手术如果成功，之后的恢复将会很快。从筱田医院转到保生园的患者，同样都带着对治愈的希望和与之等量的对手术的不安。我乘西武新宿线的电车在东村山站下车，穿过站旁一条长街就是农田，前方能见山丘，保生园就在山丘中腹处。

我大概是1953年五六月之交转来这家医院的，当时进入了梅雨季节。二十多年前的保生园，在我的记忆中的印象是病房周围郁郁葱葱的绿叶和连绵的雨天。起先住的病房只有我一人，我在天花板很高的大病房里，伴着白天也开着的台灯灯光，听着雨声，等待手术。

地处山丘中腹的医院，走廊成为登山路，供人从山麓上山。以这走廊为中心分出几栋病房，就像树干分出的枝杈。病房分别以隅田寮、相模寮、常良寮等河名以及高尾寮、筑波寮、秩父寮等山名命名。记得我开始住在相模寮，术前检查结束后转到了更高一层的常良寮。

手术开始时，我就是在这栋病房与那些至今难忘的人们相遇。

手术期间，一位姓川端的女性在我身边看护。我不曾从乡下找人，母亲听说要动手术而担心，还是来医院守在我身边，但只能手足无措地看着我，术后从吃饭到大小便都是川端在照应。

如前所述，我的手术是大手术，一次不能解决问题，一共做了三次。第三次结束后，我像马上要被击倒的拳击手一样筋疲力尽，但其实也就在此时，我总算摆脱了疾病对我的精神折磨。

不过，在三次手术期间，我一定是一次次坐在死神身边的椅子上。后来听母亲说当时以为我就要不行了，可见我的病状必是极其严重。

可是我本人却不曾意识到这种情况。能在不曾感觉的情况下过来，我想多半是靠着当时常良寮的众护士。那是一群技术精良、行动敏捷的护士。她们性格开朗，常开玩笑，但又有一手扎实的技术，看到她们充满自信的动作，我唯一的想法就是完全可以把自己的身体托付给她们。

熟练的技术并非仅指静脉注射之类。

至今我还带着惊奇回想起刚做完手术时的一幕；把我从手术台搬上手术车时，一位姓下平的主任护士说了一声“抱住”，让我抱住自己的头，然后一下子把我抱起搬到旁边的手术车上。下平长得瘦小，让人觉得不会有多大力气，却能做这样的事。

前面说到，保生园医院的房子分布于山丘中腹，以一条走廊作为联结点，走廊就是坡道。诊疗楼位于山丘下，所以每逢手术或诊察，护士和川端护工都必须用手术车把我推到下面，然后又推回上面的长良寮，其中有的地方必须一鼓作气才能上去。我忘不了那些上气不接下气地推着我在走廊奔走的人们。

下平、土井、后藤、佐野、中川、矶村，还有川端，我常常念叨、想起她们，因为难忘，她们的面影始终鲜明。

我母亲当时六十岁，在我身边时，她不经意间在护士中颇有人气，当我的病情稳定后，她们带她去狭山湖游玩，于是她还想入非非地要把其中一人收作儿媳。那是题外闲话了。

（《妇女生活》1979 年 10 月号）

慢车旅行

为参加毕业三十周年的同窗会，我去了山形。出去旅行时我尽量把手上工作了结，一身轻松之际，脱兔般把东京甩在身后。

在鹤冈盘桓了三天，去山形的那天，我选择了十时三十八分出发去新庄的火车。那是慢车，而且我并不清楚在新庄如何换乘。

不过，慢车正是我之所爱。虽说如何换乘还不清楚，但后面是一段快车只需两小时的路线，我觉得不会有大问题。

正如预想一样，慢车确实不错。芒草一直铺向轨道，列车划开草丛前行。我看到了最上川。待到秋天的阳光发力时，我又看到了分隔奥羽的山脉。我为自己的家乡感慨，一边啃着在车站买的酥饼，喝着果汁。

但这火车停车时间太长。在新庄换乘花了四十分钟，这是我有思想准备的，可是换乘后朝山形去时，一路上却是每个站都停留十五到二十分钟。

在车站借用了厕所，从站台的这个角落走到那个角落，参观了货车的装卸货作业，时间还绰绰有余，未免让我觉得无聊了。

途中车站上来一位老奶奶。她牙齿掉光，厚头巾下露出的头发全白，脸上是那种饱经风霜的红褐色，手指很粗。火车摇晃时，她背着的东西就碰到我。那正方形的东西不大，但很重。

老奶奶一直低头坐在我旁边，身子随车晃动。我猜她是行脚商贩，年龄大概七十多岁。

我算是个不怎样的写作者，这时便发挥着自己的想象：背着这么重的东西，她从哪里来，要到哪里去？她有儿子吗，有儿媳吗？

“老奶奶。”我说，“背着啥呀？”

她用积着眼屎的眼睛看着我，只是傻笑而不回答。

“这东西好像挺重，里面是啥呀？”

老奶奶还是笑而不答。眼前这个披着老不正经的长发，操着东京口音的男人似乎让她觉得形迹可疑。自己背着的重要东西，怎能告诉这样的人。不过，也许老奶奶只是耳背而已。

我其实真的想知道她带了什么，但也只好断了这念头，闭上眼睛。到山形时过了四点。一次漫长的慢车旅行。

（原题《慢悠悠的旅行》，载《小说现代》1980年2月号）

雾中羽黑山

当山出现在自己身边时，有时会发现意外的风景。例如在我孩时，觉得水墨画中的山色或云状毕竟就是绘画而已，但在某年的梅雨季节，突然看到水墨画中的世界在自己眼前展开。

我记忆中的羽黑山也沉浸于水墨画的世界之中。羽黑山并非以秋天的红叶或五月的嫩叶而堪赏美，它的魅力在于成片的巨杉和深山中的晦暗。这样的羽黑山，小雨最是与之相配。

苍郁繁茂的杉木林中，铺着苔藓延伸的台阶与树梢相望，这石道上曾有芭蕉[1]踏过，更有着数千修验者[2]的坚实足迹。那座幻影般的五重塔也在旁边的杉林中，据说巴西建筑家

1. 芭蕉：即松尾芭蕉（1644—1694），见 P68 注 2。
2. 修验者：日本宗教修验道的修行者。修验道由密教和日本固有的山岳信仰、神道等结合而成，追求在山中修行。

奈特曾对它终日凝望。

这样的风景被小雨笼罩，被雨后的雾笼罩。雾停聚在杉树梢顶，雾沿石阶而下，雾让塔影半隐半现，耳中所闻唯有溪流和山鸟的声音。这样的日子里，羽黑山似也让人得以一窥古来修验之山的神秘身影。

（《家之光》1981 年 6 月号）

再会

年轻时，我一说自己因肺结核而有过几年的疗养生活，听者大多会有一副同情的表情。这是当然，没有比不生病更幸运的事了。

可是，在东京郊外那所被麦田和杂木林包围的疗养所中度过的日月，如今回头想想，起着一种透过岁月之幔而看的美化作用，除去动手术的一段时间，整体来说并非不愉快。想到当时父母兄弟如何为我的病情担心，我无论如何不能说疗养生活有意思，但若实说，还真是有意思。

疗养所里什么都有。有一套完整的图书借阅制度；有俳句会和吉他爱好会；围棋和日本象棋盛行，每年举行两次淘汰赛；甚至还有文化节，吉他演奏会自不待言，甚至还有专业水平的单口相声和歌舞伎爱好者演出的玄冶店[1]剧目，而且演技真的很棒。

我在这里除了读书，还学了俳句，学了吉他和围棋，甚至还学会了花札[2]并终日乐此不疲。

来疗养所之前，我是个乡村初中教师，一个未见世面的守旧者，以为落语[3]之类都是下三滥，但在疗养所期间，我也喜欢上了落语。

在疗养所这样的地方，社会身份几乎没有意义，在患有同样疾病这一点上，大家都是平等的，要说差别，也就是病情的轻重稍有不同而已。这种不问身份的交往令人心情舒畅，原来以乡下人自居而认生的我，在这里也与各种各样的人有了交往。

我觉得疗养所对自己来说是一所大学，不谙世事者也可在这里有一点社会学方面的收益，多少成为一个自立的成熟者。即使也会学到不少不好的东西，但也无疑远远胜过对这些东西全然无知。

---

1. 玄冶店：著名的歌舞伎表演地，后也泛指这里所演的传统剧目。
2. 花札：一种两人玩的纸牌游戏。
3. 落语：一种日本传统曲艺，类似滑稽故事表演。

可是，正如大学有毕业时，疗养所也有出院之日，我痊愈出院了，而且理所当然地直接回到老家。我没打算在东京就职，也没有这样的关系。回到老家，如果可以就回归教职，如果不行，打算就随便找个事情做。

然而，这次再就业并不顺利。很久以后我才意识到，当时自己受到了极其冷漠的待遇。

我自己觉得身体完全恢复，对于体力也有自信，但在别人看来，我只是一般的初愈，能否真的派上用场自然就有疑问。不过当时我去求职的那些地方，态度都热情有礼，致我一时不能意识到已被拒绝。这也应该算是在疗养所大学学得不够吧。

不过，即使后来已经意识，我也并未对当时的那些人有过怨怼。我理解对方的困惑，因为如若立场反转，我也会觉得为难。

正在这时，东京来了一张明信片。这明信片跟医院无关，而是一位住在东京的熟人O先生寄来的。O先生在信中说有一份商界小报的工作，问我愿否试试。我便返回东京，到那家商界报社上班。当时，只要能上班挣钱，哪怕是打临工我也愿意。我那时三十岁，这个年纪还没工作没钱，当然就没住房没结婚对象，在社会上只能算一个无能的人。

我对商界报纸全无了解，但被动笔杆的工作吸引，觉得比打临工多少有点知性感，而且写东西挣钱也不赖。在这家商界小报，我不仅写报道，后来还被派去拉广告，不过工作还是比我预想适意。说得夸张点，在写新闻报道时，我会有一种如鱼得水的感觉。

工作虽然有趣，但毕竟是商界小报，所以经营发生问题，并因此而常有不愉快的经历。由于这些不愉快，我对O先生那张明信片所怀的感激之情也渐渐淡薄。可是到了今天，那时的明信片却又渐渐增加了分量，我曾想过，如果没有O先生那张明信片，我现在会在这里写小说吗？

之所以这样说，是因为我之后又换过两家公司，结果共在商界报纸工作十多年，依然觉得这份工作适意。采访、写报道之类的工作适合我的性格。我转写小说半属偶然，然而每天每天写报道与我现在写小说的生活之间，无疑在某处是有联系的。

我供职十四年的商界报纸，是一家多数时候有十多名员工的小公司，但氛围不错，全无所谓商界报纸那种多余的色彩，社长以下是一众完美的通情达理的人。我在这里写报道并拿一份平常的工资，然后结婚生子，从这样的生活中求得小小的自足而无特别的不满。想到出院时的身无长物，夫复何求？只要衣食无虞，我觉得就已足够。

我在这种情况下写起了小说，正如前述只是半属偶然。人在自己的人生中有可能被推向自己没想到的方向，我也仅仅是碰上了这种没想到的变化而已。

有句老话叫“衣锦还乡”。说实话我不喜欢这话，但在一次获得某文学奖之后，被邀在故乡的镇上演讲时，不能不想到这话。我汗颜而不知所措，但故乡又确是不该在灰头土脸时回去的地方，于是我不得不归乡四处演讲。

我也去了二十多年前教书的中学，在那里遇到了令我顿时百感交集的情景。我在那里只工作了两年，短短两年就因病离职，并因此告别了教职。

会场听众席前排有我当年的学生，有男有女，都已年近四十，我却仍能认出他们学生时的模样。

我刚开口，女弟子们就掩面落泪，我也在台上说不出话来。她们这时也许不仅是惜念我的归来，也在见到我的身影听到我的声音时，历历在目地回想起当年我和她们一起时的情景了吧。

演讲刚结束，我就被弟子们围住，有人直接责问似的说："老师，这些年你都在哪儿了？" 一幅"父亲归来"[1]的情景。这应是做教师最幸福的时刻了。

弟子问我在哪儿了，这话刺痛我心。我并未忘记他们，他们每个人的模样和声音都始终鲜活地留在我心中。但我供职报纸，在租住屋中自足于小小世界时，确实无心高声宣示自己的所在。那样的我，于弟子来说，也就无异于行迹不明的老师了吧。

商界报纸记者和小说家，哪个更为幸福，我无法在此做出简单结论，但唯在那个时候，我感到了成为小说家的幸福。

（《相遇》1981 年 6 月号）

---

1. 此处似借用日本作家菊池宽的同名剧作比拟。

街角的书店

我算是出身于山形县鹤冈市，但出生的那个地方，在合并编入鹤冈市之前叫作黄金村大字高坂，从村到市，从前必须步行三十分钟。

步行三十分钟是说大人的脚程，孩子用时更长。在我小时候，被简称为“町”的鹤冈市离我的村子看起来好像伸手可及，但走起来要越过两块大田以及途中的一个村子才行。

对于村里的孩子来说，鹤冈毕竟不是轻易去得的町，一方面是因为这样的距离，另一方面也是因为那是消费都市。虽然知道那里有村里没有的食物和书、玩具，还有杂耍表演等种种充满魅力的东西，但是村里的孩子没有身边带零用钱的习惯，不会因此而去町上玩。

虽然不带零用钱，但家长还是会给一点够在村里的小店买糖果的小钱，吃着糖果和乡下丰富的水果，漫山遍野地奔跑，农村的孩子就大致满足了。

不过也不是完全不出去，有时跟父母兄弟一起去看节日表演，有时被派去市内的亲戚家办事，我一年也会去町上几次。

去町上时，大人会让穿上与平时不一样的衣服。住在町上的人跟村里人，在说话、做派上都不一样。我们这些孩子还被告知，町上的人连笑的方式都不同。要去那里时，我会既兴奋，又被弄得有点小紧张。到町上时，我会变得沉默。

去亲戚家办事时，一般都会让我背上一个包袱皮，里面装着刚收摘的毛豆之类，不过背上的这个包袱皮总让孩子的心里觉得难为情；难得一身好衣服，可这模样被人一眼就能看出是乡下来的孩子。我以去町上的喜悦来抵消和克服这种羞耻感。

鹤冈的二百人町与南町大路会合处的街角有家小小的旧书店，我大概是从小学五六年级开始就会在这里停留了。

店堂狭小，正中是书架和台子，另外三面都是书架。店里从来都是静无人迹。一到这里，我一般都要停留一个多小时，翻阅陈列的书和杂志，然后总算买下一本《谭海》或《少年俱乐部》。这些当然都是旧杂志，但我头脑中根本没有新刊杂志的概念，所以已经十分满足，如果其中登载了小说，那就更好。

不过，我也只有在父母给了零用钱的时候才能买下一本杂志，有时只能站在那里白看，走出店堂时啥都没买。但即使在那里待很长时间，店里人也啥都不说，只能听到后面传来的咳嗽和低语声而已。我有一次在这家店里买了一本旧书，记得好像是山中峰太郎的《敌中横断三百里》，当时的喜悦至今仍会隐约忆起。

我已不大记得店里人的情况，能想起的只是堆及天花板的旧书，还有在那家店里度过的那些堪称至福的时光。

鹤冈有一家叫作“艾比斯亚”的大书店，专卖新版书。记得我在上初中后去过那里，但常去的仍是二百人町拐角的书店。我至今手边还留着在旧书店买的吉田絃二郎的随想集《绿鸽·生命的微光》（新潮社出版）、世界文豪读本选集《纪德篇》（第一书房出版）、明治大正文学全集《有岛武郎·有岛生马》（春阳堂出版）、《鸥外全集》第四卷和第十二卷（鸥外全集刊行会出版）等。我写小说后再回鹤冈时，街角的旧书店已经不在了。

（《日贩通信》1981年12月号）

村庄游戏

孩时的日子好像除了玩还是玩，学习只是在学校里的事，回到家里就只剩一个“玩”字。家长也只是放任，不像现在这样督促学习。农家孩子的美德就是在家中忙时毫不惜力地干活，若有喜欢学习的孩子，大概会被与懒惰者同样看待的。

于是就没有孩子喜欢学习。我也讨厌学习，一放学便有解放的感觉。

我生在山形县的乡村，是出产稻米的地方，种稻如性命，村里的孩子也一年两次，就是在插秧和收稻时跟大人一起认真干活。在这期间，学校也要放假，村里跟打仗一样纷乱。这时帮忙干活对乡下孩子来说是不成文的规定，没有一个孩子不顾农活去玩的。

但是除去这段时期，村里的孩子们都可尽兴地玩。大人平时也会让他们做家务，不走运的孩子会被抓去背弟妹或跟着去旱地干活，不过这类活儿是能躲就躲的，只要能把大人的叫声丢在身后，逃出家里，就会有快乐的世界在等着他们。

记得春天常去附近的山里玩。山中雪刚消融，树木还没出齐嫩叶，阳光暖洋洋的，显得特别透亮。这时的山中，岩樱、土樱这些只在初春开花的植物都开花了，孩子会把它们采了带回家。采花不是目的，是因为漫长冬天结束所带来的喜悦让他们热血沸腾，让他们压抑不住自己要走遍山野。

夏天我们泡在流过村边的河中，河里整日传来孩子们的欢声。到了秋天，上山采栗子也是我们的乐趣。冬天有冬天的玩法，我们设计出一种叫“悄悄道”的雪中迷魂阵并在阵中奔走，或在雪道上挖出深坑，让大人陷落并大发雷霆。

也有危险的游戏，叫作“斗橛子”，在收割后的田里，用削尖顶部，长五六十厘米的橛子相击，直到把对方打倒。还有一种打仗游戏，用长约四五十厘米的茅草当飞镖互掷，茅草上留有五厘米左右的叶子，投掷的时候抓住叶子，出去的速度相当快，想来会刺伤对方的脸，却从来没发生过受伤的事，大概就是因为有叶子在吧。

对于某种有危险的游戏，孩子们会在游戏中知晓危险之处并学会避免危险的方法。现在回想起来，做危险的游戏时，总会有年龄大一点的熟手跟我们这些小孩子一起，指导玩法并监督我们。

河也是危险的去处，小孩子常会溺水，这种时候便立刻会有大孩子相救。我刚要上小学时曾溺水并被人救起过。

包括这些在内，游戏也有规则，如果无视这些规则，就会触犯众怒并被革出群体。在这过程中，我也学会了孩子之间的相处之道，一点点地掌握了诸如蝮蛇危险而青蛇、赤链蛇[1]无碍，肉可以烤了吃等生活所必需的常识。

村里的孩子们能从早玩到晚，其中一个原因是他们无须像现在的孩子那样升学。村里几乎没有人家把孩子送去高一级学校，否则会被说成不是正经农民，因为农活只靠身体便能学会。

如今情况不同了，农村的孩子也从初中读到高中，有条件的还会上大学。与之相应，现在的孩子必须用功学习。哪种孩

---

1. 赤链蛇：也有红斑蛇等俗名。赤链蛇毒性存争议，但咬人一定会造成中毒。

子更幸福？我在回想自己满足于游戏的少年时代时，也曾沉思过这个问题。

我是 1934 年上小学的，在那前后有过满洲事件[1]、五・一五事件[2]、二・二六事件[3]，小学四年级时开始了日中战争，现在回头想想，尽管在那样的时代，山形的乡村生活还是十分牧歌式的。

构成我儿时游戏背景的那种牧歌式的东西，现在已消失殆尽，日本无论都市还是农村都已变成严苛的竞争社会。我略带忧郁地想道：那些被学业驱使的孩子，如今即使叫他们去玩，怕也是做不到了。

（《灯台》1982 年 1 月号）

---

1. 满洲事件：即 1931 年日本军国主义者侵略我国东北地区的七・七事变。
2. 五・一五事件：1932 年以日本海军少壮军人为主发动的法西斯政变。
3. 二・二六事件：1936 年日本少数陆军青年军官发动的失败兵变。

幸子

我孩时曾被发怒的母亲突然关进仓房监禁。那次好像是我干了很坏的事情，母亲把我像一个物件一样横着抱起，穿过院子，丢进仓房，并从外面上了锁。

仓房很大，天花板很高，只堆放了一些平时不用、落满灰尘的脱谷机、农具之类，门很结实，任我推任我敲都纹丝不动。我被一种恐怖控制，担心自己一辈子都走不出这个昏暗的屋子了。我已全然不记得母亲为何动怒，唯有当时的恐怖留在记忆之中。我哭闹之际，正好附近的主妇来找我母亲，便帮我走了出来。

不仅是这次，我记得自己屡遭母亲叱骂，印象中她对孩子管教严厉。

可是母亲有她脆弱的一面，听别人说话时，会跟人家一起哭起来。或许是因为她的这种性格，我家常有附近的主妇们过来聚会，喝茶聊天。不管哪家总会不时有一些让主妇伤心的事，母亲倾听这些诉说时总会设身处地替对方感叹。不仅是附近的主妇，就连一些熟悉的小贩，也会卸下背负的货物，在我家扯上一段长长的闲话后才离去。

记得幸子来我家是在我上小学五年级时。那天是村里的节日，我们也从早晨开始就穿着盛装玩闹，过了中午，我家院子进来一辆车。那时汽车之类还很稀罕。

开车的是我堂兄，但从车上下来的是一抱着婴儿的女人，让我吃了一惊。那个像猴子一样长着红脸的婴儿就是幸子，肤色白皙的瘦小女子是幸子的母亲。从那天开始，幸子成了我家养女。

幸子怎么会来做我家养女，我后来好像听说过，但还是忘了。幸子的母亲出身于深山的村落，我母亲小时候也曾被送到那个村子附近的亲戚家当养女。我觉得就是这种关系。

幸子的母亲如今在鹤冈市的餐厅工作，被男人欺骗，成了现在所谓的未婚母亲。她在孩时的我看来已是大人，但大概也就二十过半。反正就是因为这种情况，母亲决定接受幸子。

关于养女，好像有过每个月寄若干养育费的约定，但幸子的母亲好像并未守约。我母亲有时会像对自己的女儿那样生气道："真没想到 ×× 江这么靠不住！"父亲好像不太赞成收养幸子，母亲对他似乎有点忌惮。

就这样过了一年，幸子被送到一个离我家步行需两个小时的远村当养女了。为这事我家好像有过争议，母亲觉得养了一年，有了感情，留在咱家也挺好。不过父亲和亲戚都反对，幸子去了远村。

不记得过了多久，母亲因为记挂那孩子，过去看了她，一回到家就哭了起来。我们老家那里把婴儿放在一种稻秸编成的摇篮中，母亲去了一看，那家没人，幸子一人在摇篮里，见了母亲立刻哭了起来，一边把手伸了过来。幸子变得更加瘦小。母亲忍无可忍，在这没人的家中翻箱倒柜，找到奶喂了后才回家。她开始怨恨收养幸子的人家，觉得他们肯定是为了钱，这样下去幸子会死掉的。

我想这时的母亲已经处于半狂乱状态。她再次远赴那个村子。等她回家时，背上背着幸子。不知她跟那家人说了什么，也不知会不会是趁着那家没人把孩子抢了出来，反正母亲带回了幸子。这次父亲和亲戚们都惊得啥都不说了。幸子从这天开始成了咱家的孩子。

话虽这么说，幸子还是不算过继，只是寄养而已，但也一直在咱家住到初中二年级。我下面本有一个妹妹和一个弟弟，幸子便以幺女的形式在兄弟姊妹中最受娇惯，她本人自不待言，我们大家也从无一人把她当作外来的孩子。

可是，要问在咱家住到初中二年级的幸子后来怎样了，结果是她又回到了亲生母亲身边。

也许因为我母亲是擅自把幸子带回来的，幸子的母亲没再来看过孩子。她后来跟新潟县的人结婚，离开了鹤冈。十多年杳无音信的她突然找来我家，说出想把幸子带走的话。母亲自然大怒，但因为幸子并未正式过继，亲生母亲有权要她。幸子去了新潟。

我的母亲八年前去世，在她的葬礼上，我遇到了久违的幸子。三十多岁的幸子已经一副成熟主妇的模样，说是已结婚并有了两个孩子。我想起小学五六年级只知玩的时候，最讨厌被指派看守幸子。此时，我不由得想到了人生中的种种邂逅。

（原题《我的顽童时代》，载《绝妙女性》1982年6月号）

归乡

从八月上旬开始，我到老家鹤冈去了一个星期。去时乘上野出发的“稻穗”五号，回来乘秋田出发的“稻穗”二号，都是上野与鹤冈之间的六小时旅行。

去东北的旅行，还是从上野出发最后回到上野比较合适。即使新干线通车了，但起点和终点都是大宫，从感觉上说缺乏一种刺激。新干线属于便利至上主义的列车，因此感觉之类也许都放在无碍大局的第二位，但从大宫出发毕竟给人一种疏离感，不能引起一种与旅行相关的情绪。

且不说这，又听说上越新干线通车后，在来线[1]的“稻穗”

1. 在来线：1964 年 10 月日本东海道新干线通车以后，把从属于日本国铁和 JR 两家公司，但速度低于新干线所规定的每小时二百公里的传统列车统称为“在来线”，以与新干线区分。

号要减少班次，如果这个消息属实，则有点小小遗憾。上野、鹤冈之间的六小时之旅，最后一段路程可以看海，火车就似在海边行驶，在眺望海景的同时，自己的心会稍稍脱离繁杂的都市生活，一俟在鹤冈站下车，旅途的疲劳便又会轻轻地缠上身体。

因为不属以便利为先的商务旅行，所以我的鹤冈之旅有现在的火车线路足矣，一来并无急事须早一点赶到，二来新干线通车后若需在大宫和新潟两度换乘，也会让我觉得麻烦。

这次返乡正巧赶上旧历盂兰盆会，但主要目的是扫墓和参加旧日弟子的同学聚会。

我在东京定居之前，曾在家乡当过两年初中教师，那已是约三十年前的事了。在这三十年间，当时的弟子已分散于北起北海道南到京都的全国各地。这次聚会以毕业三十周年为名，召唤分散于全国的同届生返乡。

于是，给住在东京的我也发来了请柬。这样的聚会不能不参加，因为在我离开教职这三十年间，有的学生再没见过一次，这次回去，也许就能见到这些在远离家乡的土地上饱尝艰辛、养儿育女的弟子了。

还有一点：我的学生们满打满算已到了四十四五岁的年纪，三十年前的同班同学此次之后，不知能否再有机会相聚一堂了。

就算十年后再有这样的聚会，那时能有多少学生无病无灾地相聚呢？为此担心的我自己也不能保证可以健康地出席十年后的聚会。咱们师徒都已到了这样的年龄。

因为这些缘故，我决定一定要参加这次聚会，而且出发前勉力把手上工作做了了结。然而距上次两年后的这次返乡，还是令我有一点以前所没有过的担心。

那是因为我上了年纪后变得任性了。所谓任性，是指不愿按别人的节拍，只能按自己的节拍行事。

此前我回乡时除了住在鹤冈市哥哥的家里，还会在村里我老家的祖屋滞留，以那里为基地会客或出去参加聚会。祖屋的当家人是我的表哥，同时又是我姐夫。

家里人多，不断进进出出，其间甚至还有黑蝴蝶和蜻蜓出入，谁也不会在意。在这么一个大家庭中，我即使成天啥都不干也不要紧。

可是农家早起，如今农活虽都机械化了，人们还是五点就起床，在七点吃早饭之前已干了一阵活。

我过去虽不能在五点起床，但还是能赶上七点的早饭，即使头晚参加酒局到十二点回家，也还是这样。其中原因是：我出身于种粮食的农家，如今虽从事写小说之类派不上用场的工作，但家乡那些规矩之类，其实于我更加根深蒂固了。

简而言之，在农家长大的我没有睡懒觉的血统。对于刨土求食的工作中的种种规律，我半是出于本能，或者说是用身体去理解的。

可是唯独这次，对于遵守农家规律，我有点觉得吃力了，这是上了年纪的证据。我在姐夫家只住了两晚，就转移到鹤冈市郊温泉地汤田川的九兵卫旅馆。

我是在这里当教师的。九兵卫旅馆的老板娘大泷澄子是我的学生，同学聚会也在这里举行。我在这里变回平时那怠惰的小说家，逍遥自在地睡起了懒觉。

不过我的担心其实也许并无必要。我连日会友、参加聚会、做小型演讲，却毫不疲劳，大概是因为空气和食物都好的原因。腌渍小茄子和来自庄内的海边的小鲷、比目鱼、红娘鱼等各种鱼料理，都让我有重生的感觉，使我深感故乡与自己秉性的相契。

三十年后的聚会毕竟令人难忘。中午开始的酒宴，加上我平时不会参加的“二次会”[1]，一共长达十小时。大家都有说不完的话。

（《上野》1982年9月1日号，总281期）

1. 二次会：宴会结束后换地方继续喝酒的聚会。

绿色的大地

只要没有特殊情况，对于背井离乡者来说，大概没有地方能像生养自己的故乡那样令人思念。

我也是这样。在东京已住三十年，时间超过在故乡生活的年头，但是至今仍难摆脱把东京生活视作临时的感觉，难改常常回想故乡的四季移变和食物美味的习惯。

其实，我的故乡山形县庄内地区是一片冬天积雪、来自大海的西北风肆虐的土地。

如今若要回去住，想到那里的冬天，就会有点望而却步，而且听说吃的东西也不是当年那味道了。既然如此，我对故乡的思念之中，一定会有一部分相悖于当下现实的一厢情愿或一部分错觉。但不可否认的是：正是这种一厢情愿，使得故乡越发让人眷恋，成为我永远的乡愁对象。

我的故乡山形县庄内地区是东边的出羽丘陵和西边的日本海之间的平原及低山地带的总称。出羽丘陵由横空出世、山形美好的鸟海山、月山蜿蜒而成，北端的鸟海山临海，是山形县与秋田县之间的县境，山脉南部与广袤的磐梯朝日山系相接，所以庄内平原形成三面靠山，一面临海之势。

庄内地区简言之是稻米之乡，也有果树和蔬菜栽培，近年还有农家致力于畜产，再加有渔港收获水产，但基本还是依存于来自庄内平原的稻米，属于稻作地带。与平原北部海岸相接处有商港酒田市，靠南部山地处有城下町[1]鹤冈市，广袤的平原形成围合这两个城市之势，成为这一地区的生命线。

我生于鹤冈市郊外的农村，所以从小到大，从早到晚见到的都是田园风光，初夏是绿色，秋天是成熟的黄色，冬天回归于土地的黑色。这片平原的尽头横亘着包括鸟海山、月山以及以修验[2]闻名的羽黑山、汤殿山在内的山脉。鸟海山是标高2200米的典型锥形火山，月山是标高1980米的典型盾形死火山，都既非高得可以欺人，又非矮得可被人欺，四季都有美好

1. 城下町：旧时以诸侯的居城为中心发展起来的城邑。
2. 修验：参见本书《雾中羽黑山》有关注解。

的山影可见。

此外，若想游泳，旁边便有河流；若想看海，从鹤冈乘电气列车出城，二三十分钟就可到达海岸。正因这样的风景至今仍烙在心中，因此每想到家乡便会油然而生一种自豪感，觉得很少有地方能把风景搭配得那么恰到好处。

比如说，我现在住在东京，周围见不到山，会有一种欠缺之感。也并非完全看不到，上二楼朝西看，可见平缓的奥多摩山，晴朗的冬天早晨还可看到富士山，可是这些山都太远，难以窥得山本来应有的亲善或威严，也就是类似于山的气息那样的东西。

另一方面，如果像长野或山梨那样周围有很多山，对于在平原长大的我来说，又会有一种压迫感，也还是难觉踏实。

还有，濑户内海边的香川虽然受惠于气候温暖，却无水利之便，在从邻县的吉野川上游引水的水渠完成之前，灌溉大半依赖以满浓池为代表的水库。与之相比，庄内平原有最上川和赤川两大河流横穿，从两大河流引出的大小河川无远弗届地滋润着农田果园，真是一片得天独厚的稻米之乡。

当然，在想到这些时，我的头脑正如前面所说，已经在很大程度上形成了一种为家乡自豪的结构，这种自豪的本质缺少一些客观性，其真相正如本文开始所说，仅仅是因为离井背乡而对生养自己的土地产生的唯一性认可。

在我的眼中山水搭配恰到好处的美丽风景，在外地人看来也许平凡而无趣；日本海的水产确实美味，但那也并非只有庄内海岸才有。

但是另一方面，辞乡三十载后，自己其实已不仅仅是一味怀念家乡，对于家乡的好处，也形成了一些客观的思考。

我常接触一些与自己工作有关的人，他们有的指出了庄内人的稳重之处，并有人问过这种注重细节的稳重性格究竟来自哪里。

听到这样的提问，我想到庄内人中也有坏人，也有不好相处的人，便有点不好意思。不过说这话的，有些是跑过好多县采访的报社记者，他们的话在某种程度上也许是普遍性的印象。如果是普遍的性格，那就不是昨天或今天形成，而应来自历史和风土吧。

庄内地区从德川初期[1]到幕府末期，一直是由一藩统治。从所留的形迹看，为政者酒井氏族在封建制的江户时期实行了相对稳健的善政。

例如天保时期[2]发生的阻止藩主转封事件就是个著名的例子，农民向江户大举进发进行驾笼诉[3]，结果转封的幕命被收回。收回成命是没有先例的事，即使农民的请愿不是其唯一原因，但可以肯定的是，这个事件的动因是农民方面冷静地考虑到了撤换藩主酒井氏对自己的不利。

明治初年的戊辰战争[4]时，攻打秋田、新潟的四千五百六十名庄内藩兵中有一千六百四十名农民兵和五百七十名商人兵，他们进行了勇敢的战斗。那个时代，有些地方的农民在藩主与官军对抗时，发生过反对藩政的起事，庄内却从来没有。

过去简单地把这归为顺从权威的本性，其实应募的农商兵中据说有很多是自带武器参加的，由此也可视作藩主与属民的

1. 德川时期即德川家族于公元 1603 到 1867 年在江户（今东京）建立幕府统治的时期。与下文的“幕府时期”“江户时期”为同一概念。

2. 天保时期：公元 1830—1843 年。

3. 驾笼诉：“驾笼”即座轿，驾笼诉即拦轿投诉，江户时代的一种越级上诉方式。

4. 戊辰战争：明治天皇在即位后的公元 1868 年（戊辰年）宣布废除幕府，幕府将军德川庆喜不从，于是发生天皇军和幕府军之间为时两年多的战争，最后以幕府军失败告终。

一体感，或者说两者之间没有对立，反倒存在一种类似宽缓的共存感的东西。

有数字可作佐证。明治以后对庄内地区的耕地做了重新测量，实测面积为旧藩时代的1.99倍，即近两倍。用严苛的丈量地亩压榨农民，这是统治者的常用手段，但庄内藩除了藩政初期，后来就没再这么做。

这个数字也许隐藏着治政上的理由，具体说就是：不那么严苛也可勉力维持藩财政。庄内地方的富庶也由此可见。

庄内地区在藩政时代曾有过多次灾年，其中贞亨[1]、天保年间的尤为严重，但在多次灾年中，只有延宝二年[2]的那次饿死过人。即使在被称为历史性大灾荒的天明饥馑[3]时，庄内与屡屡饿死人的南部、津轻相比，水稻产量的歉收比例控制在三成以内，反而向来自其他地区的饥饿者伸出过救援之手。

也许与奥羽山脉、出羽丘陵并走的两个山脉阻挡了鄂霍茨克海吹来的夏季冷风。这虽只是我的推测，但庄内地区作为稻

1. 贞亨：日本年号，公元1684—1687年。
2. 延宝二年：公元1674年。
3. 天明饥馑：发生于公元1782—1788年。

作地带，无疑具有得天独厚的条件。那种注重细节的稳重性格，不也可以认为是这样的历史和风土所培养的吗？

可是，作为得天独厚的稻作地带，庄内地区近年也跟其他地方一样，仅靠农业已无法生存。我一直担心着农业的前景，但也知道，不管农业怎样，家乡的人们都不会离弃那片满目成绿的大地。这种强烈的执着正是庄内人的天性。

（《地上》1983 年 6 月号）

关于杂煮

我的家乡在山形县的海岸地区，也就在因电视剧《阿信》中的打工地而闻名的酒田市的正南方的农村。家乡一带（也许其他地方亦然）有这样的风俗：元旦杂煮的准备工作要由一家之主来做。

我们这些孩子早晨天没大亮就被叫起烤年糕，其间父亲用笨拙的动作剁牛蒡或把油豆腐切成小方块，做好杂煮的汤料，而且祭坛、神龛上的供品好像也是该由父亲准备的。

这些准备工作大体就绪时，母亲带着几分羞涩的表情起床了。难得见到母亲最后一个起床，所以给人一种奇妙的感觉。元旦的一些风俗都跟神事有关，所以要由男人来做，除此以外，我想大概也另有一层意义，要让女人一年能有一天从炊事中解放吧。

因为有了这样的风俗，杂煮年糕对我来说，孩时吃的就是父亲的味道，二十岁前后吃的就是哥哥的味道，这些味道都让我一直难忘。简单点说，杂煮汤先用小熟鱼干充分吊味，再放油豆腐和蔬菜适度煲炖，然后加上用炭火烤得微焦的年糕，味道十分相宜。吃的时候，再在盛出来的杂煮上面撒上岩海苔。

岩海苔是渔民冬天冒着危险从海岩上采摘的，稍微撒上一小撮，顿时就在杂煮汤面散开，那种海鲜味真可谓齿颊生香。

不过这种鲜美已成过去，我已有三十年不曾品尝这种农家风味的杂煮。现在吃的都是东京风味的杂煮，我顶多只能说对其中的年糕并无太多不满，每到吃杂煮的新年，就不由得想起乡下的杂煮，不能不对过于清淡的东京杂煮感到缺憾。

不单单是想，我还竭力向家属介绍农家杂煮如何美味。妻子悟性高，她的态度是，只要告以烹调方法，她会尽力做出老公爱吃的那种农家杂煮。遗憾的是，我只懂得吃，对杂煮的理解并未详尽到可以传授做法的境地。

另一个问题就是没有岩海苔。这东西最近好像成了高价品，让老家寄我觉得有点奢侈了。再说，即使教妻子做，在东京长大的她也许总还是想做出东京风味，我若一味执着于正宗农家风味杂煮，那就只有作为一家之主的我亲自动手了，这可了不得。与其那样，还不如就用寡淡的东京杂煮将就着吧。几十年就这样过来了，我最近却又有了新的想法。

比如说我又有了这样的疑问：世间万物都在变化，难道杂煮的口味就不能变吗？我现在虽还在跟家里人说农家的杂煮，但性质发生了变化，我会觉得自己说的也许只是一种幻影。

来东京之后，我只吃过一次农家风味的杂煮。在某疗养所时，跟一位同乡老大哥 A 先生在一起。他原来是一位陆军大尉或中尉之类，在缅甸战败，瘦得皮包骨头，留住了性命，却生病进了疗养所。我见到他时，他已快要康复，住在独立的作业疗法[1]病房。

这位 A 先生新年里自己做了农家风味杂煮，也请我吃了。

“东京的杂煮不好吃。”他说。

这位原大尉阁下的杂煮确实好吃，正宗的农家风味。

（《周刊小说》1984 年 1 月 13 日号）

---

1. 作业疗法：又称职业疗法、职能疗法。根据医生的指示，进行种种简单工作，以促进患者的身体康复和回归社会。

U理发店

转行做现在的工作之后，完全变得不修边幅，跟理发店也疏远了。从前在公司上班时，每个月要理一次头发，所以应该有常去的店家，但已实在记不清楚。

能记得的还是小时候去的老家鹤冈市的理发店。那是一家小店，位于一条叫“二百人町”的街上。那是昭和初期，用的都是那种老式手动的刀剪和推子，给我理发的是一位身着白衣、沉默寡言的矮个老爷子。

我家不在鹤冈市内而在郊外的农村，所以不可能常去街上的理发店，平时也就是母亲用推子帮我理一下，只有要参加节日活动或学校的仪式时才被母亲带着去理发店。

母亲说那家U理发店不错，只带我去那里，所以U便成了我熟悉的理发店，现在还会不无怀念地想起店里昏暗的光线、水银有点剥落的大镜子以及肥皂和痱子粉的味道。

我能独自外出以后还是继续去那家店，算来是 U 理发店十多年的常客了。后来有一天，店里换了主人。

U 理发店的新店主是老爷子的长子，从东京修业回来。他跟我这个乡下人用我不习惯的东京口音说话，还用起了洋推子。父子关系挺好，可是儿媳进门后事情发生了一些变化，老爷子不再出台理发，突然间见老了。从那时开始，我也就渐渐疏远了 U 理发店。

（《小说现代》1984 年 2 月号）

波莱罗

我难得被主题音乐吸引而看电视连续剧。从前是向田邦子[1]的《宛若阿修罗》，要说最近也是去年的事了，有山田太一[2]写脚本的《早春的写生簿》和桥田寿贺子[3]写脚本的《大家族》等。《早春的写生簿》的音乐由小室等[4]作曲。每到播放时间，我便早早结束手上工作，在电视机前坐等。如果说有一半是因为想听其中的主题音乐，则难免引起误解，其实山田太一的脚本也无疑很好，否则，任凭音乐再好，也不可能让我每个星期都中断工作看电视。

1. 向田邦子（1929—1981）：著名剧作家、小说家、随笔家。
2. 山田太一（1934—　）：剧作家、小说家。
3. 桥田寿贺子（1929—　）：著名剧作家、小说家。其代表作《阿信》曾风靡日本和中国。
4. 小室等（1943—　）：日本著名音乐人。

《大家族》的主题曲并非原创，而是莫理斯·拉威尔[1]的《波莱罗舞曲》。用了哪些乐器我不知道，但听上去是一个小规模的乐队，演奏的《波莱罗舞曲》别有风味和趣致。当然，若要深究实际情况如何，也不能完全排除是最近出现的那种电子合成之类。

且不说这，反正我一听到拉威尔的《波莱罗舞曲》一概会竖起耳朵，而且听到此曲就一定会想起某次音乐会和M君。

初会M君是在败战翌年春天，当时我参加山形师范入学考试的体检。我们在视力检查的地方排着长队等候时，我后面的一位应试生突然跟我搭话。

他说自己有一只眼睛几乎看不见了，并遮上能看见的一只眼睛，让我测试据说是看不见的那只眼睛。他腿长，说话的样子很活泼，但苍白的面色显得有点忧郁。这位美少年就是M君。

与他搭话，已不记得说了些什么，但还记得当时他说自己是从外地遣返回来的，所以我们应该有过一点点交谈，尽管我

1. 莫理斯·拉威尔（1875—1937）：法国著名作曲家。

操着浑浊的庄内口音，并被他那漂亮的标准语弄得头晕。

与M君交谈只有这么一次，因为进大学后我们专业不同，再加兴趣之类都不一样，所以即使在校外也不可能打交道，例如参加活动住在一起之类。我和M君的交际圈毫无交集。

但我们毕竟是同届生，相互间的消息不可能完全不知道。我知道M君在搞田径运动。与我同宿舍的S君在田径队搞长跑，东北六县师范对抗赛时，我也被拉去捧场，在赛场上看到了M君。另外还有一两次看到他在校内的运动场上训练，记得那是炎热的夏日，他却没怎么晒黑，仍旧带着那种忧郁的表情独自默默奔跑。

接着，M君拿着小号（我想大概是这种乐器）在我的记忆中登场了。

那肯定是在一场什么演出，例如校内音乐公演之类的场合，详细情况已经忘记，能记得的就是：在礼堂举行的那场演出中，A教授指挥音乐专业的学生演奏了拉威尔的《波莱罗舞曲》。

在师范类院校，由于学校的性质，都备有为数不少的钢琴或风琴，A教授指挥的《波莱罗舞曲》少见地动用了十架到二十架风琴，其中又令人意外地加进了吹小号的M君。M君并非专攻音乐，我想他的小号也就属于业余爱好而已。可是，如此孤立而特殊的立场，其实与M君就偏偏暗合。

拉威尔的《波莱罗舞曲》蕴含着作为其素材的西班牙舞曲的狂热，当时的演奏以非常的热情挑动了听众的兴奋，M君的小号也表演出色。《波莱罗舞曲》全曲由管乐的主旋律和模拟响板的伴奏构成，所以小号起着重要作用，而M君则轻而易举地完成了这个重要角色。

那次演奏会以后，M君与一位女生发生了桃色事件。这种事若在现在应是无人关注的，但我还是为M君在此事件中冲破禁忌的大胆暗中喝彩，因为毕竟发生在那样的年龄和那样的时代。这华丽的丑闻成为M君留给我的最后消息，我们不久便毕业并因就职而分散于以县内为主的各地。后来我又离开了教职，生活中也就疏远了同届校友的消息。

七年前，我收到校友名册，恢复了跟母校的联系，当时我辞去教职已经二十余年。看到名册，M君再次令我感到意外：他远赴北海道苫前郡的中学工作。尽管惊讶，我还是觉得那地方总似乎有哪儿跟M君相投。我拿出北海道地图来看，这时又想起M君是从旧满洲遣返回来的。

真正的意外还在之后。两年后，修订过的校友名册又到了，这次的名册赫然宣告了M君的死讯。

接连让我意外的M君一直被我视作虚无主义者，但真实情况又是如何呢？他那忧郁的面具内侧也许意外地隐藏着一个活泼的社交家呢。总之我只知道学生时代的他，所以他至今在我的记忆中，还是仰着苍白端庄的脸吹奏《波莱罗舞曲》时的样子。

我实在不能把这当作四十年前的事。每当听到《波莱罗舞曲》，我总会困惑地思考“岁月”二字的意义。

（《文学界》1985年5月号）

Ⅲ

《长家节·生活与作品》

无论书还是画册，都有一些是看后暂时放在脑后，但过了若干年，又从书架深处找了出来，想再翻翻。

对我来说，属于此类的小说有欧文·达比[1]的《北区旅馆》、契诃夫的《在峡谷里》、施托姆[2]的《在圣尤尔根》，还有水上泷太郎[3]的《大阪之宿》、神西清[4]的《恢复期》和其他短篇小说以及岩波写真文库166辑《冬天的登山》。平轮光三[5]的《长冢节·生活与作品》无疑也属这类与我相交已久

1. 欧文·达比（Eugene Dabit，1898—1936）：法国小说家，代表作有《老妪》、《北区旅馆》等。

2. 施托姆（Has Theodor Woldsen Stom，1817—1888）：德国小说家和诗人，代表作有《茵梦湖》、《白马骑士》等。

3. 水上泷太郎（1887—1940）：原名阿部章藏，日本小说家、评论家、剧作家。

4. 神西清（1903—1957）：日本小说家、文艺评论家、翻译家。

5. 平轮光三（1907—1980）：日本和歌作家和研究家。

的一本书。

这本书平时并未被我放在手边，过了几年，不知何时就被挤到了书架深处，待想读时，就要移动很多书，费很多事才能找到。尽管如此，我还是锲而不舍地找出来读了。它就是这样一本书。

长冢节是与伊藤左千夫[1]并肩的歌人，还是小说《土》的作者。平轮光三的这部著作就是关于他的传记，绵密地记述了传主从诞生到死去的短暂生涯。

长冢节二十二岁入门子规庵[2]，三十七岁病死。他晚年被茂吉[3]、赤彦[4]等“阿罗罗木”派青年歌人敬为精神支柱。他本人作为歌人，达到了如其杰作《如针》那样的境界；作为农民文学作家，他有小说《土》等作品；作为大地主的后人，他热衷于农事改良。他还是一位大旅行家。这本书精心地记述了这样一位长冢节本人以及他与周围的关系。

---

1. 伊藤左千夫（1864—1913）：日本著名小说家和短歌歌人，曾创办短歌杂志《阿罗罗木》。代表作有《野菊之墓》等。
2. 子规庵：日本著名俳人、歌人正冈子规（1867—1902）生前居所。
3. 茂吉：即斋藤茂吉（1882—1953），日本著名歌人，代表作有《赤光》等。
4. 赤彦：即岛木赤彦（1876—1926），日本著名歌人，代表作有《柿荫集》等。

记述之详细，作为一本传记也许是题中之义，那么，该书的魅力也许就在于作者的文本以及对传主的记述形式。

平轮的记述，深处有着一种对于长冢节的非同寻常的倾倒或说是尊敬，可是作者又尽力抑制这种感情，用淡淡的记述铺陈事实的分量。正因如此，像在短歌集《如针》的作品中所表现的与黑田照子之间的悲恋，就具有打动读者的力量，而长冢节最后的日向[1]之旅，更让读者感受到一种令人畏惧的执着。

当然，作者并没直接用“执着”之类的字眼，而只是记录了长冢节曾三赴青岛[2]的事实，他曾在那里两度因被认作肺病患者而被拒投宿，而这样的文本背后，浮现出了长冢节像幽灵般徘徊在日向大地上的身影以及长冢节自己所说的烟霞之癖[3]的严重程度。同一支笔在写到利根川河畔、栎林以及被农田包围的下总国冈田郡国生村的风景时，甚至能将读者驱往对明治、大正这些已逝年代的乡愁。

1. 日向：日本地名。
2. 青岛：日本宫崎市的一处地名。
3. 代指游山玩水的癖好。

我是在太平洋战争末期拿到这本书的。在那当时和在那之后，我没写过一首短歌，今天却还没把它丢掉，是因为它能显示写书的人和被写的人之间一种了不起的契合。

（《月刊经济学家》1976 年 2 月号）

《北区旅馆》

回顾自己年轻时的读书，可以“滥读”两字蔽之，手边只要是活字印刷的东西都会拿来读，例如我的书架上就有一本忘了书名的美国棒球史和佐藤一斋[1]的《言志四录》放在一起，好像曾有一度它们旁边还放过西田几多郎[2]的《善的研究》和范·德·费尔德[3]的《理想的婚姻》。

对于小说，我也并不特别做选择性阅读，既读托尔斯泰和陀思妥耶夫斯基的长篇，也读契诃夫的戏剧，既读巴尔扎克和阿纳托尔·法朗士，也读梅里美的短篇，是一种不得要领的滥

1. 佐藤一斋（1772—1859）：日本阳明学派儒学家，《言志四录》是其代表作。
2. 西田几多郎（1870—1945）：日本近代哲学史上具有代表性的唯心主义哲学家，《善的研究》是其第一部著作。
3. 范·德·费尔德（Theodoor Hendrik van de Velde，1873—1937）：荷兰学者，《理想的婚姻》（一译《至善婚姻》）是其代表作。

读，但通过这样的滥读，我也还是知道了有些东西之所以留得下来的原因。

其中就有施托姆和契诃夫的短篇、卡罗萨[1]的《罗马尼亚日记》，日本的作家则有水上泷太郎、神西清等，欧文·达比的《北区旅馆》也是其中一本。

《北区旅馆》的故事从鲁克伏尔伍尔夫妻买下北区旅馆一直写到若干年后这家旅馆因土地交易而遭解体。对于这个故事内容的概述及其意义的总结都既无必要也几乎无意义。从这本小说中只能读到以北区旅馆为舞台而登场的群像——女仆鲁娜、年老的德波尔杰、沉默寡言的马夫等——的似水人生。它就是这样一本书。

（原题《青春的一册》，载《产经新闻》晚刊1981年4月2日号）

1. 卡罗萨（Hans Carossa，1878—1956）：德国小说家、诗人，以写传记文学见长。

耿漳的《秋日》

小时候，也就是小学五六年级的时候，家里曾有一本诗集。爱书的人在这种年龄时大多会有一本特别珍爱的书，对于我来说，这本诗集就属于这一类书。

不过，这诗集要说是书却也有点不好意思，既薄又做工粗糙。我的大姐爱读书，这诗集大概就是她的妇女杂志中的附录之类。写到这里，大家想必大体想象得到这本诗集用糙纸装订而成的寒碜模样了。

可是，诗集的内容确不寒碜，如今想起，仍堪称十分豪华。

诗集分为两部分，前半是日本的近代诗及译诗，后半是汉诗。近代诗部分起自蒲原有明[1]、薄田泣菫[2]，罗列了岛崎

1. 蒲原有明（1876—1952）：日本象征主义代表诗人。
2. 薄田泣菫（1877—1945）：日本诗人、散文家。

藤村[1]、土井晚翠[2]、三木露风[3]、北原白秋[4]、佐藤春夫[5]等风靡明治、大正诗坛的一流诗人的代表作；译诗部分有以“秋声悲鸣 / 犹如小提琴 / 在哭泣”开头的保尔 · 魏尔伦[6]的《落叶》以及勃朗宁[7]的《春晨》等。后半部分的汉诗中有无当为嫡宗的中国的李白、杜甫已不记得，却能记得罗列了日本的汉诗，尤其是幕府末期的藤田东湖[8]、赖山阳[9]、梅田云滨[10]、云井龙雄[11]等人的名作。

也就是说，这本诗集是当时在我国被视作一流作品的名诗选萃。我在热衷于立川文库[12]和《少年俱乐部》[13]的小说的

1. 岛崎藤村（1872—1943）：日本诗人、小说家。
2. 土井晚翠（1871—1952）：日本诗人，名曲《荒城之月》的词作者。
3. 三木露风（1889—1964）：日本象征主义诗人，名曲《红蜻蜓》的词作者。
4. 北原白秋（1885—1942）：日本诗人、童谣作家。
5. 佐藤春夫（1892—1964）：日本诗人、小说家、评论家。
6. 保尔 · 魏尔伦（Paul Verlaine，1844—1896）：法国象征派诗人。
7. 勃朗宁（Robert Browning，1812—1889）：英国著名诗人、剧作家。此处所说《春晨》一诗，中国多将题目译为《一年之计在于春》。
8. 藤田东湖（1806—1855）：日本幕府末期学者。
9. 赖山阳（1780—1839）：本名赖襄，号山阳。日本著名汉学家，著有《日本外史》等书。
10. 梅田云滨（1815—1859）：日本幕府末期学者、政治家。
11. 云井龙雄（1844—1870）：日本幕府末期至明治维新初期的政治家、文学家。
12. 立川文库：1911 年由大阪立川文明堂出版的一套通俗读本，到 1924 年为止一共出版近二百本。
13.《少年俱乐部》：面向少年读者的杂志，以刊载小说和漫画为主。

同时，反复读了这本诗集，以至能够背诵其中大半近代诗和汉诗。

我为何要从这本诗集写起，可能因为那是我初次接触汉诗。

那是真正的汉诗，但汉字都有假名注音，并且附有日文语序的训读方式，所以并不难读，而且其中很多气势雄壮的作品对昭和十年代的男孩颇有吸引力。

东湖的作品自然收的是《和文天祥正气歌》，山阳的汉诗我想大概是那首“鞭声肃肃”的《题不识庵击机山图》[1]或《蒙古来》，好像就是《蒙古来》。曾被我的同乡汉诗诗人土屋竹雨称为山阳绝句压卷之作的《舟发大垣赴桑名》虽比“鞭声肃肃”之类更佳，却没收入这本诗集。我顺便读了一遍《舟发大垣赴桑名》，转抄如下：

苏水遥遥入海流
橹声雁语带乡愁
独在天涯年欲暮
一蓬风雪下浓州

1.《题不识庵击机山图》的首句为“鞭声肃肃夜过河”。

这么说来，我那时虽然喜欢并背诵东湖的《正气歌》和山阳的《蒙古来》等，却不等于这本诗集专门选录豪放风格的诗篇，其中的汉诗好像也有安积艮斋[1]的《偶兴》和广濑淡窗[2]"君汲川流我拾薪"之类的诗，在近代诗方面，更还收了藤村和春夫的抒情诗。

不过在汉诗方面，多为幕末志士的作品。所谓志士，就是一些在诗中寄托、表达慷慨之志的人。他们的声音跟堪称日本过激民族主义滥觞的昂奋情绪合拍，发展成为所谓的时代之声，并在诗中表现。

当时是我读小学四年级的1937年，日本发动日中战争。那是个过激民族主义的时代，也可说是个适合爱诵幕末志士诗篇的时代，因为那些诗篇与时代的平仄相合。因此，爱诵东湖、山阳的诗，并非因为诗集有问题，而是时代和读诗的我本身有问题。

我有清晰记忆可为佐证：在近代诗方面，土井晚翠也比藤村和春夫更能吸引我。我不太记得这本诗集有没有收进蜀相诸

---

1. 安积艮斋（1791—1861）：日本幕府末期儒学家、诗人。
2. 广濑淡窗（1782—1856）：日本儒学家、诗人、教育家。

葛亮的长诗《星落秋风五丈原》[1]，但我那时爱诵晚翠那首每节结尾都重复一句“可怜丞相病危笃”的诗[2]，而且觉得与晚翠相比，藤村和春夫的诗显得女性化和柔弱。

我自己素无勇气，却还是憧憬勇武，连小时候都觉得要远离女人腔。当时的我从心理上说，是个小军国主义者。

日本战败之后，我对诗歌的这种价值观发生了逆转。这时我总算意识到那种过激或豪壮的语言中所具有的空虚、脆弱，并注意到一些不起眼的描写男女爱恋的诗句中那种不寻常的力量。说得体面点，那是因为我在军国主义消沉的时候正好对女性有了正常的兴趣——败战那年我十八岁。

这篇文章属于“漫步中国古典”一类，所以我还要随便谈谈与汉诗有关的事情。

我读初中时的国语教师是秋保亲孝先生和春山壮太郎先生。一次，春山先生在黑板上流利地写出了一首汉诗。

“桃之夭夭……”他吟诵道，“……灼灼其华。之子于归，

---

1. 此处作者记忆有误，“星落秋风五丈原”是《三国演义》第三十八回中的一句，而非诸葛亮的诗作。
2. 指土井晚翠的长诗《星落秋风五丈原》。

宜其室家。”

这是《诗经》中的《桃夭》之篇。

春山先生不是汉文教师，汉文教师另有其人。不过春山先生是鹤冈当地的士族出身，常以一丝不苟的和服礼服和裤裙现身于教室。明治年代出生的士族一般都具有自如解读汉籍和汉诗的素养。

那天的《诗经》讲授非常突然，而且春山先生自己似也很享受，以至于我想：先生的专长虽是国文学，但他或许偶尔也会希望展露一下自己胸中的汉学蕴蓄。

那天一小时的课，先生在没有教材的情况下讲授了《诗经》，告诉我们《诗经》有“风”“雅”“颂”三部分，“风”是诸国无名的民歌，《桃夭》收在“国风”中的“周南”部分。他还讲解了《诗经》中其他几首作品。

当时我大概是初中二年级，后来我曾纳闷，先生觉得我们这些初二学生对他当时所讲《诗经》能理解到什么程度呢？我又想到，当时春山先生五十多岁，也许马上就要有女儿出嫁了吧。

之所以这么想，是因为在吟诵“桃之夭夭，灼灼其华”

后，先生解释说，这是描写一位父亲在他美丽的女儿就要出嫁时的心情。先生在讲解这段时表情非常投入。

但是，根据现在我手边的驹田信二[1]的近著《汉诗名句——语言中的故事》，把《桃夭》解释为："赞美年轻女子成熟肉体之歌——固然也可解读为对行将出嫁的女儿的祝福，但若看作是作者赞颂年轻而又已成熟的女儿并稍带情色的诗歌，似乎也是很自然的。"

读着驹田的解释，我不禁想到了春山先生谨严的表情，接着便觉得自己无意中涌上一种不恰当的笑意，这是因为此时产生了一些不相干的想象：先生偏偏没有女儿，在吟诵"桃之夭夭"时，他的脑海中也许浮现出了另一位健康、性感的姑娘吧。当然，这种想象与先生谨严的表情绝对不符，这种落差让我觉得有趣。写到这里，也许会被先生斥之为小说家的想入非非了。

总之，我后来会不时想起，今天又在这里写出，说明当时那堂《诗经》课给我印象之鲜烈，堪称"文化冲击（culture

1. 驹田信二（1914—1994）：日本作家、中国文学研究家和翻译家。

shock）”。说句不该说的话：春山先生其他的授课几乎都已忘却，唯有这一小时的课鲜活地留存在我记忆。

为何会这样？我那时在读日本的汉诗，同时又看了一些李白、杜甫的诗，于是一定产生了先入之见，认为汉诗大体如此。《诗经》中的诗（歌）却一下子打破了这种观念，它们素朴而美好，表现的素朴有时会蕴藏一种力量，我得以窥见超出汉诗范畴的中国诗歌整体那种非同寻常的深邃。

受那堂课的触发，我之后读了《诗经》，读了《唐诗选》所收诗人们的作品，还更进一步读了宋诗等。我现在的状况大致保持在翻看岩波文库版三册《唐诗选》的水平，虽说对汉诗多少有点关心，但我的兴趣本来就属浅薄的涉猎（dilettante），有这几本诗集在手边就完全可以满足。

读《唐诗选》时让我感叹的是其中语言的洗练。正如我前面提到的山阳或云井龙雄的诗作，日本的汉诗也有出色的作品，但读了《唐诗选》中的诗篇，便觉得对文字和语言的感觉似乎还是不一样。我可轻松地找出一些例子，说明中国诗人所用语言对于所写场景的描绘是最为贴切的。

例如“推敲”一词的出典体现了诗作的苦心，但其在作品中出现之处，则体现了巧致、洗练的最高境地。我一直认为这正是汉字的个性，简直是先天地具有一种本能，能够找到它们在语言中的最恰当位置。

这样的例子不一定非举李白、杜甫不可，比如我现在随手翻到的这一页是贾至的《西亭春望》：

日长风暖柳青青，

北雁归飞入窅冥。

岳阳城上闻吹笛，

能使春心满洞庭。

关于这种语言的使用方法，也就是关于汉字的表现力，请让我仍然引用驹田《汉诗名句——语言中的故事》。驹田以李白的五言古诗《子夜吴歌》为例，在做了简洁而出色的解说之后指出，像首句“长安一片月”那样广阔的叙景，是不可能移译的。他这种断言确实尖锐。

“长安一片月”这样的表现力，让人觉得只有汉字民族才有可能获得。我等唯有站在唐代长安的街路或者高楼的台阶，脱帽仰望悬挂在万户之上的一片明月，并向这诗篇致敬。

让我们把话题转向本文标题所说的耿湋的《秋日》。

反照入闾巷，

忧来与谁语。

古道无人行，

秋风动禾黍。

《唐诗选》中诗人们的作品极尽巧致，写绚烂光景时一片华丽辉煌，咏寂寥时则油然而生一种噬骨的寂寥感，这就是诗人之艺吧。诗人多走仕途，在语言艺术方面照理达不到匠人的地步，但如果把这类诗歌语言说成匠人之艺，怕也无甚不当。

但在读诗时，偶尔也会倦于这种匠人的技巧，就似吃多了宴席。带着这种感觉，当我在李白、杜甫、王昌龄、孟浩然这些诗人之间徜徉时，与耿湋这首五言绝句的邂逅让我有了耳目一新之感。

《秋日》是一首简明的诗，写的是村边的风景以及诗人站在空无一人的路上时的孤独身影，仅此而已。这诗之所以吸引我，也许是因为我从这无技巧的简明诗句背后，看到了如今已消失殆尽的孩时的田园风景。

八月过了二十天之后，连日喧闹的河里不见了孩子们的身影，这是夏天结束了。之后的河流，水位渐渐增高，湍湍而流。没有了人气的水面颜色发暗，时有鱼儿跃起。北国这个季节的寂冷无以形容。

秋意迅速加深，暗冷的雨日暗示着冬的临近。遇到晴日，苍白的日光下谁家庭院飘来菊香。树叶红了。地上那瞬间的繁华一旦结束，万物开始凋枯。

如今的农道在广袤的田野中成一直线，而从前则比较弯曲。走在那道上，确实能遇到道旁农田中半枯的玉米叶随风而鸣。我喃喃一句“忧来与谁语”，竟仿佛从中看到自己二十岁前后的身影——带着莫名的孤独感，且又无奈于自己一种想与人亲近的暧昧感伤——那种似有隐情的样子，现在回想起便觉有点滑稽，但当年本人却是极为认真的。耿湋的《秋日》似乎唤醒了我对这种一去不返的岁月和风景的乡愁。

（《夫人》1982 年 12 月号）

格雷厄姆·格林

若把格雷厄姆·格林列为自己希望了解的作家，就像是在坦白自己的无知。不过，某作家有名或某作品有名，并非自己就一定要读。被某作家吸引或热衷于某小说，这是要靠机缘的。

格林与我之间好像缺少这种机缘。关于格林，我过去除了读过一本田中西二郎所译《文静的美国人》，再就是看过电影《第三个人》而已，对这个作家基本等于一无所知，所以将其列为希望了解的作家也理由充足。

之所以在这里说到格雷厄姆·格林，是因为最近的翻译间谍小说热潮中，这位作家的《人性的因素》引起我极大关注。从推理小说到间谍小说，抑或把它们都包括在内的悬疑小说一类，我是只要有空就会随便看看的，《人性的因素》我也是作为间谍小说在读。

这一读可了不得，先下个结论吧：这几年读过的众多此类小说中，要说还留在记忆中的，应该首数这本《人性的因素》，其他如福赛斯[1]、福里曼特尔[2]、皮埃尔·诺尔[3]、H. 哈拉汉[4]、肯·弗莱特[5]已全都不在话下。

我不想说格林跟福赛斯才华有别。我只认作品，遗憾的是在《人性的因素》之前所读的《豺狼的日子》已印象淡薄，《恶魔的选择》[6]也仅记得连环漫画了。拜格林所赐，我觉得自己已在很大程度上失去了无所用心地阅读间谍小说的乐趣。

（原题《希望了解的作家》，载《别册小说现代》1982 年 5 月号）

---

1. 福赛斯（Frederick Forsyth，1938— ）：英国作家，以国际政治题材的悬念小说见长，主要作品有《豺狼的日子》等。
2. 福里曼特尔（Brian Freemantle，1936— ）：英国作家、记者，代表作有《失踪的人》等。
3. 皮埃尔·诺尔（Pierre Nord，1900—1985）：法国间谍小说、推理小说作家。
4. H. 哈拉汉（William H. Hallahan，1926— ）：美国作家。
5. 肯·弗莱特（Ken Follett，1949— ）：英国小说家，代表作有《针眼》等。
6.《豺狼的日子》和《恶魔的选择》均为福赛斯作品。

读书日记

×月×日

编辑S氏有事来访，顺便受总编A氏之托送书，有克莱夫·卡斯勒[1]的《找寻曼哈顿特快列车》、理查德·尼利[2]的《俄狄浦斯的回报》《在日本告别的女人》等。

A氏是个大忙人，却能见缝插针地在工作之余觅空看戏看电影，并精于用麻将挣得零用钱，还读了数量惊人的推理小说。他知道我爱读推理小说，常常给我送这类书，并说真不该见新书就上，有的读了很失望。

他应是相信我的鉴定眼力并等我提供信息，但实际情况是：我看了广告匆匆赶去书店，后来却自己咽下苦果。这样的

1. 克莱夫·卡斯勒（Clive Eric Cussler，1931—　）：美国作家。
2. 理查德·尼利（Richard Neely，1941—　）：美国推理小说作家。

情况不止两三次，所以现在反倒变成我期待着A氏的电话，结果是读到新书的时间可能迟了一些，但并不要紧，要紧的是作品的质量。

《找寻曼哈顿特快列车》依旧是擅长于大格局的解谜游戏，娱乐读物非此不可。尼利的《在日本告别的女人》看点在于最后的情节逆转。作为小说，还是《俄狄浦斯的回报》有味道。我想起这本书其实是自己以前看过而又中途放弃的。我因为只读译本，所以一旦译文让自己费了神便读不下去。《俄狄浦斯的回报》也属这种情况，但我这次耐着性子读了两三页后便读进去了。幸好读下去了，精彩之处在于父子相杀的主题，再加一位叫露西尔的恶女。詹姆斯·凯恩[1]的《邮差总按两遍铃》里有一个科拉，我对这个类型恶女的纯情缺少抵抗力，结果就会站到她们一边去了。

×月×日

要去银座办事，先给A氏打了电话。我手边的小说，有时

1. 詹姆斯·凯恩（James M. Cain，1892—1977）：美国著名推理小说作家。

也会有A氏没读过的。跟他确认了后，我在大小合适的纸袋里装了露丝·伦德尔[1]的《如果杀了一次人》《蔷薇的杀意》，还有罗伯特·特雷弗[2]的《审判》、华伦·基弗[3]的《凯撒里亚的纸莎草》等四五本老书，提前一点出了家门。平时在家里，我拿起比笔重一点的东西就会口出怨言，所以这时妻子问我能行吗。

先到B社，把书交给A氏。他说五点半要去筑地有事，我在银座的约会也是五点半，于是就决定坐一会儿，然后搭A氏的便车。

伦德尔的两部作品虽算不上杰作，但其可读性在于女性的精雕细刻和有趣的解谜过程。《审判》无疑是名作，也证明了判案小说完全可以成为上等的推理作品。《凯撒里亚的纸莎草》对于无兴趣于考古学的人来说可能不怎么样，可是我却读得情趣盎然，仅凭"纸莎草"这个词就足让我兴奋——原因就这么单纯。

---

1. 露丝·伦德尔（Ruth Rendell，1930—2015）：英国犯罪小说作家，写有韦克斯福德警官系列小说。
2. 罗伯特·特雷弗（Robert Traver，1903—1991）：美国推理小说家。
3. 华伦·基弗（Warren David Kiefer，1929—1995）：美国推理小说家。

×月×日

克里斯托弗·菲茨西蒙斯[1]的《反射动作》好看，我便买回了这位作家的第一部作品《预警》接着读。

两书的男主人公都被追杀，追杀的理由描写得非常细致，让人觉得合乎情理，并由此产生悬念，让人乐于不断对后面的情节牵肠挂肚，因此尽管结局有点狗血，仍可不予苛求。

然而，读这牵肠挂肚的小说时，我手上的活儿也到截稿的期限了，实在不知所措。尽管A氏不负责任地说“这种时候也就只有读完它了”，但截稿日毕竟就在眼前，当然不能听他这话，不能把看悬疑小说作为误时的理由。

于是我就打算只在上午看书，下午认真写稿，可是那故事到了中午渐入佳境，无奈，便决定看到傍晚，晚间再写，并以白天不出状态为由自解。可是到了傍晚，还剩下最后最精彩的五十页。

结果还是全部看完了，然后便是焦头烂额。其实这种时候自己就是下意识地逃避眼前的工作，所以断无中途作罢的可能。

---

1. 克里斯托弗·菲茨西蒙斯（Christopher Fitzsimons，1931— ）：美国小说家。

× 月 × 日

离家步行五六分钟处新开了一家图书馆，在急需查找资料时十分重要。

今天也是要查资料去了图书馆，随便看了看书架，有米奇·斯皮兰[1]的《我是审判者》，便借了。我是因为看到报道他的作品被拍成电影，所以想到借阅这书。其实斯皮兰并不合我口味，过去只读过两三本，但没读过这本处女作。

然而要说读后感，只是进一步证实了我平时的感想：正统的硬汉派（hardboiled）自哈梅特[2]开始，经钱德勒[3]和麦克唐纳德[4]，最后终于麦克唐纳德。

一副能从世界感受到诗意的心肠，一双能深察人间的明眼，再加主人公玩世不恭（cynic）的脾气——这几者的平衡便成就了一部硬汉派小说。这是我个人武断的解释，根据这种自创的解释，麦克·哈默[5]就缺少诗意和洞察人的深邃，有

---

1. 米奇·斯皮兰（Mickey Spillane，1918—2006）：美国犯罪小说作家。
2. 哈梅特（Dashiell Hammett，1894—1961）：美国侦探小说家。
3. 钱德勒（Raymond Thomton Chandler，1888—1959）：美国侦探小说家。
4. 麦克唐纳德（Ross Macdonald，1915—1983）：本名 Kenneth Millar，美国侦探小说家。
5. 麦克·哈默：米奇·斯皮兰系列小说中的主人公，私人侦探。

的只是膨胀的憎恨和暴力。毫无疑问，一味杀戮并不能成为硬汉。

×月×日

下雨了，手上的稿子也告一段落，于是在看 P.D. 詹姆斯[1]的《无辜的血》，这是我一点小小的幸福时间。我希望能按这样的顺序读推理小说。

开始读《无辜的血》，是因为我记得这位作家的《不适合女人的职业》好看。前面三分之一处是该小说极为惊悚的部分：女主人公是一位美貌的学生，其父强奸过少女，其母因杀害该少女而在服刑中。父亲已死，母亲马上就要获释出狱，而一个男人为了向这个母亲复仇，已辞职并买了带鞘的菜刀等待。这一切在前面这部分已全部展现。

然后好像都是追逐戏了，有点乏味，但最后又藏着另一个震撼性情节——虐待幼童。这是冲击性的逆转，读后让我

1. P. D. 詹姆斯（Phyllis Dorothy James，1920—2014）：英国推理小说女作家，曾任英国作家协会主席。

想起亨利·邓克尔[1]的《女医生科费尔德的诊断》，尽管故事不一样。中途有点乏味，仍是一本适合梅雨天读的书。

×月×日

A氏送来了托马斯·布洛克[2]的《超音速飘流》。怕乘飞机的我仅看书名就脊背发凉，没有什么比飞机无法降落时的场景更可怕了。当然，英文原书名是代表求救信号的*Mayday*。

飞行在六万二千英尺亚宇宙高度的巨型客机斯特拉顿797被卷入美军的秘密导弹实验，机体遭洞穿。三百名乘客和乘务员还没来得及知道真相，就有一部分被吸进洞中，剩下的都因缺氧而失能，机内无伤者只剩三人：一位业余飞行员、一位空姐和一个十二岁的少女。

得知导弹误射的军方想要隐瞒这个事实；而多数乘客成为不可逆转的脑障碍者，使航空公司面对负担他们终身保障的责任。想要隐瞒误射事实的军方和想要保全企业的航空公司，各自开始考虑要让飘流的事故飞机消失。本书让人窒息的悬念从

1. 亨利·邓克尔（Henry Denker，1912—2012）：美国小说家。
2. 托马斯·布洛克（Thomas Harris Block，1945— ）：美国小说家，以空难小说见长。

此开始，也就是军方、航空公司还有读者都面临着人的内在良心是否存在的考问。这才是悬念的实质所在，本书并非单纯的灾难小说。

本书另一成功之处在于托马斯·布洛克写出了一种应称为“神的视点”的东西。未受伤的乘客哈罗尔特·斯泰因抱着失能的妻子跳出机舱，此处数行译文的描写足以吸引读者目光。事故飞机和三位幸存者结果如何，我在这里就不剧透了。

（《小说新潮》1982 年 10 月号）

推理小说读书日记

×月×日

乘轻轨电车去池袋参加昔日弟子的“泉话会”，欢谈到傍晚回家。看见那些年近五十的男女弟子都跟孩时一样其乐融融，我也开心。不过，几天后有弟子来电话说，那天让我离开之后，他们如释重负，欢声雷动，又去歌厅闹到晚上九点。

外出累了，晚上便没再工作，继续读还没读完的露丝·伦德尔的《手指有伤的女人》，精彩之处在于情节的反转——以为死了的人结果没死。这本是韦克斯福德警官系列中的第五部，总算刻画了一个乡村初老警官的魅力个性。跟伦德尔的早期作品一样，这部作品也无意于早早推出主人公的个性，不知是因为她不喜欢依赖于角色化的描述还是不善于这方面的描述。

×月×日

读逢坂刚[1]的《百舌呐喊的夜晚》，得享久违的不忍释卷之味。

该小说成功之处之一在于其中谜的配置以及文本对于这种复杂的配置所给的支持，巧妙地把读者引进了两个谜所构成的迷宫，一是东京新宿发生的炸弹误爆事件的真相，二是失忆男子的身份以及他恢复记忆后提供的真相。最后收尾部分的故事略显单调，但还是可以作为一流悬念小说推赞。

天气不错，所以最近上午都尽力散步。公园中麻栎、枹栎都已发芽，接骨木已经开花，花的形、色均极素朴。

×月×日

读威廉·J. 柯尼茨[2]的《燃烧的警官》、麦克尔·巴-左哈[3]的《一个间谍在冬天》。

《燃烧的警官》是一部充满紧迫感的警察小说，描写一群

1. 逢坂刚（1943—　）：原名中浩正，日本推理小说家。
2. 威廉·J. 柯尼茨（William J. Caunitz，1933—1996）：美国侦探小说家。
3. 麦克尔·巴-左哈（Michael Bar-Zohar，1938—　）：以色列小说家、历史学家。

跟与上层有关的组织中的组织斗争的警察。读的人也许会想起《肮脏的哈里》[1]第二或第三集，故事开头发现尸体的描写很有震撼力。《一个间谍在冬天》的故事是：流亡美国的原克格勃间谍奥尔洛夫赴英国做电视节目，从这个时候开始，曾有苏联间谍经历的英国原外交官相继被杀。最后是一个虚构的间谍组织浮出水面，结局出人意料。亡命苏联的大间谍金·菲尔比[2]也在书中登场，让我们得窥大腕之片鳞。该书也可称为描写组织之恶的间谍小说。

×月×日

麻栎、枹栎都已开花，整个公园显得光彩明亮。看到这花，依稀想起谁的诗句“柯木花垂传幽香”，不过麻栎、枹栎都是落叶树，没有柯树花那种可用“幽香”形容的风情。

读露丝·伦德尔的《替身树》。之前虽接触过这位作家的

1.《肮脏的哈里》(*Dirty Harry*)：又译《警探哈里》，以警探哈里为主人公的系列影片，由伊斯特伍德主演。

2. 金·菲尔比（Kim Philby，1912—1988）：曾经震撼世界情报界的苏联间谍，成功地潜伏在英国情报机关核心位置二十余年，并在暴露前逃到苏联，出版了回忆录《我的无声战争》(*My Silent War*)。

韦克斯福德警官系列，看了《替身树》，觉得伦德尔有时还是希望能摆脱系列作品具有的拘束性，自由地追究潜藏于人性内部的谜与犯罪之间的关联。《我眼中的魔鬼》和《罗菲尔德公馆的悲剧》都是具有这种倾向的优秀小说，《替身树》也是不亚于它们的出色的犯罪小说，它的主线是写绑架幼儿，但在写犯罪的同时也写了人的疯狂，写了母性，成为一部难得的值得回味的作品。

我这么说并非一定要与众不同，其实系列也有系列的好处，例如主人公的存在本身便形成一种热场的作用，具有不可思议的魅力，所以我还是想再读一些韦克斯福德系列中的杰作。

×月×日

很欣赏三浦浩[1]的《伏特加有死亡的味道》。继前面提过的逢坂刚的《百舌呐喊的夜晚》之后，我有机会读了几本最近的新锐力作：岛田庄司[2]的《火刑都市》、大泽在昌[3]的《追踪

---

1. 三浦浩（1930—1998）：日本作家、新闻工作者。
2. 岛田庄司（1948—　）：日本推理小说家。
3. 大泽在昌（1956—　）：日本推理小说家。

者的血统》以及《伏特加有死亡的味道》。

岛田的《火刑都市》写的是人们常说的“可视世界”，而逢坂、大泽、三浦写的都与水面下的犯罪有关，例如三浦的《伏特加有死亡的味道》是一部以日本为舞台的间谍小说，却毫无违和感地充满写实性。这固然得益于三浦的文笔，同时也因为日本社会越来越热于此道。

S社三位编辑登门，我谈了上面这些话后被问到什么时候看推理小说，似乎觉得我不应该有太多这样的空闲。我抓耳挠腮，最后冒出一句：“要是有地方能让我不用写，只靠看书就能挣钱，那该多好。”听到懒人不慎而露真言，几位编辑呵呵嗤笑，我也弱弱地笑了。

×月×日

弗里曼特尔[1]打造的角色——背负叛徒污名隐居的原英国情报人员查理·马芬委实老了。在《走投无路的人》中，已入老境的马芬还能因女人而兴奋，险脱陷阱。

1. 弗里曼特尔（Brian Freemantle，1936—　）：英国作家、新闻工作者。

梅雨仍在继续，人的状态也相似，背疼似也与此有关。我像老了的查理·马芬一样，落魄地往返于T医院和寒舍之间。

（《小说新潮》临时增刊《推理小说大全集》1986年8月）

我的青春影院

战时不大有看电影的机会，除非是原保美[1]主演的《爱机南飞》、藤田进[2]的《加藤隼战斗队》之类的战争片，但不知怎的，也看过片名叫《归乡》的德国片，还有小杉勇[3]主演的《土》等片子，所以也不能说完全跟电影无缘。

此外，《巴黎屋檐下》[4]和科林·吕歇尔[5]的《比美》好像也是战时看的，不过也许应该是战后看的了。

我没有机会看《不设栅栏的监狱》电影，只是近年在电视上看过，对于科林·吕歇尔这位女演员的了解完全是凭《比

1. 原保美（1915—1997）：日本男演员。
2. 藤田进（1912—1990）：日本男演员，以演军人见长。早期曾跟黑泽明合作《姿三四郎》。
3. 小杉勇（1904—1983）：日本男演员、导演。
4.《巴黎屋檐下》：法国电影，最早上映于 1930 年，后又有过多个翻拍版本。
5. 科林·吕歇尔（Corinne Luchaire，1921—1950）：法国女演员，第二次世界大战期间曾投靠纳粹，战后一度入狱。代表作有《比美》《不设栅栏的监狱》等。

美》，觉得不会再有这么美的人了。我印象中的美女排名，科林长期在埃及艳后之上。

有点不可思议的是：战后我曾每天都看电影。当时我寄住在离家乡乘火车四小时路程的山形市，那里的电影街有三家影院放国产片，一家放外国电影，再跑远一点，街角处还有一家大影院。

我上完课就直奔这电影街，每天看一家，周末再把本周最先看的片子重看一遍，像是得了电影中毒症。放外国电影的影院叫“霞城馆”。我还能记得自己在影院三楼黑暗逼仄的最高处，一边叼着香烟吞云吐雾，一边盯着下面远处的画面。如今还留在记忆中的多为在这里看的外国片。

当然，由于记忆力的衰退，已不能准确举出电影片名，也不能确认是否在这里看的，但夸张点说，大凡 1946 年到 1949 年引进的外国电影我好像都看过。

《煤气灯下》[1]《鸳梦重温》[2]《红菱艳》[3]《穷途末路》[4] 以及很多

1.《煤气灯下》(*Gaslight*)：有 1940 年的英国版本和 1944 年的美国版本（乔治·库克导演，英格丽·褒曼主演）。

2.《鸳梦重温》(*Random Harvest*)：1942 年出品的美国经典爱情片。

3.《红菱艳》(*The Red Shoes*)：1948 年出品的英国爱情音乐片。

4.《穷途末路》(*La Fin du jour*)：1939 年出品的法国片，由朱利恩·杜维威尔导演。

西部片，还有《飞燕金枪》[1]《奥克拉荷马》[2]《演出船》[3]《花开蝶满枝》[4]等音乐片也一定是这个时期看的。《花开蝶满枝》中的弗雷德·阿斯泰尔[5]和安·米勒[6]的对舞以及阿斯泰尔和朱迪·加兰[7]的对舞我都觉得是最好的舞蹈。

我记得朱迪·加兰好像是从酒精中毒到精神错乱，最后导致死亡。关于她嫉妒女儿丽莎·明奈利[8]的传说让人伤感，说句也许是偏爱的话，在我眼中，与丽莎相比，朱迪·加兰的才艺是有过之而无不及的，不存在嫉妒之类。

如今彩色电影已很平常，而彩色电影开始问世也是在战后的这段时期。我最初看的应该是苏联片子《体育大游行》，类似于纪录片，画面被游行中的旗浪映得赤红一片，但能看到彩

1.《飞燕金枪》（*Annie Get Your Gun*）：1950年出品的美国电影，改编自百老汇音乐剧。
2.《奥克拉荷马》（*Oklahomal*）：1955年出品的美国爱情歌舞片。
3.《演出船》（*Show Boat*）：美国爱情歌舞片，有1929年和1951年两个版本。
4.《花开蝶满枝》（*Easter Parade*）：1948年出品的美国爱情歌舞片。
5. 弗雷德·阿斯泰尔（Fred Astare，1899—1987）：美国著名男演员、舞蹈家、歌手。获奥斯卡终身成就奖。
6. 安·米勒（Ann Miller，1923—2004）：美国女演员、舞蹈家。
7. 朱迪·加兰（Judy Garland，1922—1969）：美国女演员、歌唱家。
8. 丽莎·明奈利（Liza Minnelli，1946—　）：美国女演员、歌手、舞蹈演员、电视节目主持人。1973年获奥斯卡最佳女主角奖。

色电影已让我十分满足。接着看的好像是《亨利五世》[1]，不过也许先看的是《石中花》[2]，仍是苏联电影。谷克多[3]的《美女与野兽》[4]似乎也是这时看的，但已记不清楚。此期间的彩色电影，最难忘的是苏联影片《西伯利亚》[5]中的美丽画面。我对彩色电影所产生的素朴感情也结束于此期间，后来彩色片变得常见，它们在我的意识中也同样变得平常了。

《逃犯贝贝》[6]（日译片名《望乡》）、《弗兰得狂欢节》[7]我也是在这段时期重温的，印象却意外的淡薄，也许是因为朱利恩·杜维威尔[8]、雅克·费代尔[9]、雷内·克莱尔[10]这些所谓“巨匠”们的“伟大杰作”已让我耳朵听出老茧。

毋庸置疑，这些巨匠以及他们的作品确实是划时代的，但

1.《亨利五世》：曾有多个电影版本，此文所指当为1944年版本，由劳伦斯·奥利弗导演和主演。

2.《石中花》（Каменный цветок）：1946年出品的苏联电影。

3. 谷克多（Jean Cocteau，1889—1963）：法国著名导演，法国文学院院士。

4.《美女与野兽》：有多个电影版本，此文所指当为1946年法国版本。

5.《西伯利亚》：似指1940年出品的苏联电影 Сибиряки。

6.《逃犯贝贝》（*Pepe le Moko*）：1937年出品的法国电影，由朱利恩·杜维威尔导演。

7.《弗兰得狂欢节》（*La Kermesse Heroique*）：1935年出品的法国电影，由雅克·费代尔导演。

8. 朱利恩·杜维威尔（Julien Duvivier，1896—1967）：法国电影导演。

9. 雅克·费代尔（Jacques Leon Louis Frederix，1885—1948）：法国电影导演、演员。

10. 雷内·克莱尔（Rene Claire，1898—1981）：法国电影导演、演员。

如果将它们与战后出现的一些作品——例如维托里奥·德·西卡[1]、罗伯特·罗西里尼[2]、费德里科·费里尼[3]或之后的“新浪潮”的作品——放在一条线上比较，结果又会怎样？

同样的道理似也可用于我的感想。我说这部电影好那部电影好，这些印象其实都已蒙上了三十年岁月的帏幔，如果今天再看，定是另外一番感想。与电影的邂逅，其实也是与时间的邂逅。

不过在那些电影中，也有一些作品每看一遍都能唤起新的感受和兴趣，对我来说，这就有似于“幽会”。有一部电影，导演已记不清是不是叫大卫·里恩[4]，唯有片中两位主演特瑞沃·霍华德[5]和西莉亚·约翰逊[6]却会立即浮现眼前。在最后

---

1. 维托里奥·德·西卡（Vittorio de Sica，1901—1974）：意大利电影导演、演员，其作品《偷自行车的人》是新现实主义的代表作。
2. 罗伯特·罗西里尼（Roberto Rossellini，1906—1977）：意大利电影导演、制片人，其作品《罗马，不设防的城市》被称为新现实主义的开山作。
3. 费德里科·费里尼（Federico Fellini，1920—1993）：意大利电影导演、演员、作家，获奥斯卡终身成就奖并四获奥斯卡最佳外语片奖。
4. 大卫·里恩（David Lean，1908—1991）：英国电影导演、编剧、演员。曾多次获得奥斯卡奖。《阿拉伯的劳伦斯》是其代表作。本文介绍的当为1945年出品并获得第一届戛纳电影节金棕榈奖的作品《相见恨晚》（*Brief Encounter*）。
5. 特瑞沃·霍华德（Trevor Howard，1913—1988）：英国男演员。
6. 西莉亚·约翰逊（Celia Johnson，1908—1982）：英国女演员。

的告别场面，罗拉（西莉亚·约翰逊饰）被一个熟识的话痨女缠住，无法跟要离去的特瑞沃·霍华德话别。伴随着走出餐厅的霍华德背影，响起了罗拉的画外音："手搭在肩上，他永远从我的人生中离开了。"我甚至还记得这样的细节，像煞一个文学青年，但这个场面确实表现了一位女性看到人生谷底时的无限哀切。

我觉得自己看过战后西部片的大半，在以历史事件写剑客小说之类时，常常觉得其中的场面有似西部剧。我把这种感觉反其道而用之，甚至公然模仿加里·库珀[1]的《日正当午》[2]来写，结果并不成功，从意识上说并不成功。

（《艺术生活》1980年12月号）

1. 加里·库珀（Gary Cooper，1901—1961）：美国著名男演员。
2.《日正当午》（*High Noon*）：1952年出品的美国西部片。

影视与原作

从去年开始，我写的东西也陆续被搬上荧屏，然后我开始注意到电视和原作完全不是一回事。

我当然不会是现在才知道这一点，作为常识，我想自己大体是对此认可的。但不可否认的是：如果读了某小说再去看由这小说拍成的电影，发现电影的情节跟原作不同，并出现了小说中没有的人物，也还是会不满，认为有什么地方遭到了背叛。

也就是说，即使承认影视和原作不是一回事，对我来说，也就是认为影视有影视的着力点，它跟原作的着力点不会一样，仅此而已。要谈影视与原作的关系，那些距离原作太远的影视，仍会被我认为是对原作的冒渎。

如果仅谈小说的情节，那很简单，但小说并非仅凭情节而成立，围绕情节还有一些空间、时间等方面的细微笔触，共同导致了小说的完成，其中当然有一部分是用文本才能表现的。

影视对于原作这些细部的再现，大概是不可能完成的。因为表现手段的不同，这种不可能是理所当然的。所以说实话，我最近也终于意识到了影视不必忠实再现原作。

在电视上看自己写的东西，也就是站在原作者的立场，情况就变得微妙。这时原作者被置于一种暧昧的立场：既非普通的看客，又非需负责任的制作者，只有目瞪口呆地看着电视上出现自己无责却又并非无关的东西。

若要概括这时的心情，我开始的体验大体便是惭愧二字。电视若与原作相距甚远，我便大惭，然后就想：啊，原来说好的，我不负责任。

如果电视忠实于原作，也并非好事，我还是会惭愧。对于小说，我是打算一直负责到细部的，因此对于小说的缺点和不尽如人意处，我都认账。在忠实于原作的影视作品中，这些部分都直露无遗，而且分外鲜活，一些在文本中注意不到的地方，到了影视中就有可能成为瑕疵。

于是，我就一边看着自己原作改编的影视剧，一边独自羞惭，可是影视也有厉害的地方，我有时会遇到一些出色的影视作品，让我忘却自己原作者的立场。

不过分拘泥于原作，也不过分脱离原作，在这样的位置上对原作进行自由的料理，描绘出只有影视才能表现的东西——一旦遇到这样的作品，原作者便会从半为看客半为作者的立场完全切换为一个幸福的看客，也就应该脱帽致敬了。

影视不应作为一种再现原作的媒体而存在，而是应该被原作触发，由此构筑起一个完全不同的世界示人，为影视自身而存在。优秀的影视作品应与优秀的文艺批评一样，从原作以及原作的意图出发，进而更深刻地读取原作，由此获得自己新的生命而飞翔。

（《普门》1981 年 7 月 15 日号，总第 13 期）

戏剧与我

《桥物语》收集了数年前我在《周刊小说》杂志上写的十篇小说，是一本连载小说集。说是连载，也就是以两个月一篇的进度写的，所以写完跟编辑约定的十篇小说，经过两年左右的时间。

然后又经过两年左右的时间，这些小说才集为一册单行本。这并非一部刊载结束就等着成书的小说，写得慢，成书自然也慢。

这是一部毫不起眼、朴实无华的小说集，去年却从一个意外的方位放出光彩——石井福子女士把其中《细雨》《误会》两篇改成《日曜剧场》[1]播放的电视剧。我在电视上享受影视化

1.《日曜剧场》：日本 TBS 电视台的周日电视剧固定栏目。

的本人作品，同时还为既不受作为写手的我待见也不受出版社待见的《桥物语》能遇这样的机会而窃喜。

这部已被影视化的《桥物语》，这次又经这位石井女士之手舞台化。一旦成为舞台上的戏剧，又会是怎样一番感觉？我的好奇本性被大大挑动。影视我多少看过一些，但对戏剧却一概不懂，而且在写小说时也从未考虑过自己作品的舞台化，极尽自己的想象，脑海中也难见《桥物语》的舞台踪影。

我只听说主演是竹胁无我[1]先生和长山蓝子[2]女士。这二位也是我刚才提到的《日曜剧场》电视剧的主演。通过这部电视剧，我已看到竹胁这位极其新派的好青年居然与江户时代的年轻人惟妙惟肖，而且很适合于和服形象；再说长山女士，则活脱脱就是出现在我市井小说中的女性。

这么说也并非意味着长山女士具有古风，因为我小说中的女性从根性来说都属江户市井女性，无法以古风描写。与她一

---

1. 竹胁无我（1944—2011）：日本著名偶像剧演员。其主演的电视剧《姿三四郎》20 世纪 80 年代曾风靡中国。
2. 长山蓝子（1941—　）：日本著名女演员。

样，有些女演员以其现代女性的本色，投入江户的世界却毫无违和感，以我的见识，这样的情况并不太多，而长山女士就是为数不多具有这种氛围的一位女演员。我期待着竹胁先生和长山女士的舞台形象。

我刚说自己与舞台戏剧极为无缘，但又想起，其实在写这篇文章时已并非如此。我写的东西曾两度被搬上舞台演出。

还在二十多岁的年轻时，我在乡下的初中教书。在这个学校，我取材于当地的传说，写了一个叫《白鹭》的广播剧，在校内播放。这部广播剧用柴可夫斯基的《意大利随想曲》做背景音乐，深受学生喜爱，后来被他们搬上舞台，在学艺会上表演。

这是第一次。又过了几年，我进了位于东京北多摩的结核病疗养所。当时结核病已不像以前那样可怕，治愈者也增多，所以疗养所的气氛也极为轻松，秋天由医务人员和患者共同举办了盛大的文化节。

为了这个文化节，我写了一出戏，名字好像叫《丢失的首饰》。这戏带点幻想色彩，以疗养所一位有名的杂役工大爷和大家都认识的人物作为主人公，所以口碑不错。口碑尽管都不错，但一出是孩子学艺会的戏，一出是疗养所的业余演出，二十多年后，还是《桥物语》才让我第一次看到自己的作品在正规的舞台上出现。

（《明治座二月特别公演宣传册》1982 年 2 月 1 日刊）

混沌的世界

按照时代的划分，从镰仓幕府[1]成立到德川幕府灭亡——或者把下限稍微提前到织丰政权[2]或德川政权的成立——叫作“中世”。对此我虽无特别的异议，可是自己头脑中的“中世”却好像与这种时代的划分有点差别。

差别何在？“中世”这个词在我头脑中首先引出一幅混沌世界的图景。在这个世界中，外在的秩序发生崩溃，农民暴动、海盗、土豪现象横行。若把这看作“中世”，其序幕则非武家政权的成立，而是作为我国第一级秩序的王朝一分为二，试图形成南北朝并立的时代。

---

1. 镰仓幕府（1185—1333）：日本历史上以镰仓为全国政治中心的武家政权。由武将源赖朝建立，标志着武士登上历史舞台，结束中央贵族对政权的控制。
2. 织丰政权：公元 1573 至 1603 年之间，织田信长和丰臣秀吉先后实际掌握日本政权。这个时代又称“安土桃山时代”。

另外，若把中世的结束定为织田信长以恢复秩序为目标的事业进入轨道这一时期，那么我的中世观的偏差也许就是相当大而非一点点了。

总之，我的“中世”呈现的相貌如同发生环食的太阳，时代自身热气腾腾，世界得到的光亮却微乎其微。而且，我对中世的兴趣限于能[1]、狂言[2]、茶道、花道、连歌[3]之类，它们也都是黑暗时代的产物，且与后世日本人的精神生活有着深厚的联系。

这些东西不知是摆脱了外在秩序的中世人某种自由精神的产物，还是对恢复现实世界秩序已绝望的时代精神追求形而上的秩序时迸发的产物？不管属于何者，都是只在混沌时代才会有的产物，由此可见人类的不可思议性。

而且，这些文化产物，其中的国民性或风土性都不具有阿波罗那样的光明倾向（像《万叶集》[4]那样），而是把美的

1. 能：又称“能乐”，日本的一种传统舞台表演艺术。
2. 狂言：又称“能狂言”，日本的一种传统舞台表演艺术，以台词为主的滑稽剧，插在能乐幕间演出。
3. 连歌：日本的一种传统诗歌形式。
4.《万叶集》：日本最早的诗歌总集，所收诗歌年代自公元4世纪至8世纪中叶。

极致隐藏在非睁大眼睛而不能把握的幽暗之处。因为它们诞生于中世，所以这也是我把中世认定为混沌与暗黑世界的理由。

（《同时代批评》1985 年 5 月号，总第 13 期）

德川家康的德

战国末期，出现了信长、秀吉、家康[1]以及各具性格、才能的人物，他们相继达成天下统一的霸业，堪为历史奇观。我对这三人的关心随年龄而变化。

小时候我是一边倒地倾向秀吉。起于匹夫，制服天下，秀吉的经历本身就是一部故事，让孩子的内心感觉有似看到一幅华丽的绘卷物[2]。他是一位易于理解的人物。

信长有桶狭间之战[3]，我只知道他是位勇敢的武将，其他方面则有很多难于理解之处。至于家康，我则持积极的厌恶态度。

1. 指织田信长（1534—1582）、丰臣秀吉（1537—1598）、德川家康（1543—1616），史称“日本战国三杰”。
2. 绘卷物：日本独特的绘画形式，通过画面表现连贯的故事内容。
3. 桶狭间之战：桶狭间是地名，公元1650年，织田信长在此奇袭今川义元，义元战败而死。

关于家康，我只知道他在大坂冬之战[1]之后，破坏了仅填埋外濠的约定，把内濠也填了，最后灭了丰臣家，被称为“狐狸老爹”。除了单纯的正义感，我通过立川文库读了太多关于真田十勇士[2]之类的故事，便在感情上站到了丰臣一边。

到了二十来岁时，我对信长有了好感，因为知道在战国末期那样的时代，信长能接受基督教，积极地理解东渐的西欧事物，是位理智、开明的人物。这也许是因为我受和辻哲郎[3]《锁国》一书的影响以及身遇日本战败、美国文化流入的时代。昭和的战争和战败也可远溯至锁国寻找联系，这是事实。

以这个时点而言，家康是实行锁国的德川政权的创业者，这点让我印象不佳。

但我现在关心的是家康，虽说不上好恶，至少他是我最感兴趣的人物，觉得他比信长、秀吉明显更胜一筹。

我喜爱信长的时期比较短。他具有的开明精神确实堪称时代奇迹，是一位不惧破坏旧事物的智性人物，但无论怎样的战

---

1. 大坂冬之战：公元 1614 年冬季发生在大坂（今大阪），交战双方为德川幕府和丰臣家族。
2. 真田十勇士：立川文库编撰的历史小说人物。
3. 和辻哲郎（1889—1960）：日本近代著名哲学家、伦理学家。

国时代，也不能一味杀戮。信长具有一种对人的傲慢，这是先知者对后知者的傲慢，被路易斯·弗洛伊斯[1]在书中称为魔鬼的傲慢。他最终的悲剧并非没有道理。

秀吉并非一般的立身出世主义者，而是满腹经纶、才略纵横的人物。他凭自己的才略制服天下，却又并非自然地受到天下人拥戴，而是靠大把抛撒钱财和土地、许以重利而让别人集于旗下。他有制御别人的能力，晚年却不知何故而返回愚昧。

家康的非凡之处或说是可怕之处，在于他在无言之中便能让人集于周围。不仅是在秀吉死后，其实秀吉在世时，家康就已隐然成为一方盟主。

家康出身名门望族，是信长的盟友，再加身为诚实勇敢的三河武士[2]之首，条件甚好。可是具备这些条件并非一定就有号召力，一定就能获天下人拥戴，此外还需必要条件。这个条件何在，我想大概就是一个“德”字。

这个夏天我回到久违的老家，偶然听到村里的长者在议论

---

1. 路易斯·弗洛伊斯（Luis Frois，1532—1597）：葡萄牙天主教传教士，曾在日本传教多年，并与信长相识，著有《日欧比较文化》《日本史》等。
2. 三河武士：因德川家康的家乡三河而得名，代指家康所率部队。

哪个年轻人今后能成为村里的中心。他们认可的那一位平时默默地做一个本分农民，却自然而然地成为村民注目的焦点，我想也是唯德使然。

德乃信长所缺、秀吉所无，唯家康而有。秀吉不喜欢人们聚集在家康周围，大概就是因为明白这一点吧。

（《周刊现代别册》1982年11月20日刊）

大石内藏助随想

大石内藏助良雄[1]似有两副面孔。

例如，后来细川家的家士堀内传右卫门在书中说，内藏助平时一般都是小声说话，貌似驯顺。后世还有一种也许是附会的说法，把赤穗事件[2]以前的内藏助称为“昼行灯”[3]。此外，他在山科隐栖时代[4]曾沉溺于狎妓作乐。这是他的一副面孔。

1. 大石内藏助良雄：“内藏助”是大石良雄的职名，即内藏厅副职。大石良雄（1659—1703）是日本历史上非常著名的为主尽忠报仇的家臣。

2. 赤穗事件：公元1701年，赤穗藩主浅野长矩受命接待天皇敕使，因不谙礼仪而受吉良上野介作弄。浅野受辱后愤而刺伤吉良，并因此被幕府赐死，其藩地赤穗城也被幕府易主。以大石良雄为首的四十七名赤穗旧家臣沦为浪人后发誓向吉良报仇。经过一年多的谋划，赤穗四十七浪士在大石良雄指挥下，用突袭手段手刃吉良上野介，取其首级祭奠浅野长矩之墓，然后束手就擒，其中四十六人最后切腹自杀。这事件成为日本历史上有名的“忠臣藏”故事，以各种形式代代传颂。

3. 昼行灯：白天的灯笼，比喻可有可无的摆设。

4. 山科隐栖时代：大石良雄在起事复仇之前曾隐居在京都的山科地方，待机而动。

然而就是同一个内藏助，在幕府收回赤穗城的过程中，其出色的善后工作连幕府方面的驻藩代表都给予高度评价；退出赤穗之后，他又坚忍执着地进行主家再兴方面的工作；就在别人都认为不可能的情况下，他作为一众旧臣义士的首领指挥了对吉良家的讨伐，向天下宣示了赤穗浅野家的存在。

这两副面孔落差之大，于是一种说法认为内藏助只不过被浪士拥戴而已，或者另一种相反的说法认为他的狎妓作乐是麻痹敌人的计略。内藏助这个人及其行为的落差令人瞠目，以至不做类似的解释就不合逻辑。

但是要问哪个是真正的大石内藏助，其实并无太大意义，倒不如认为这两者的内在结合，构成了大石内藏助这个人物。

幕府在做出对于内匠头[1]的处分之后，召见赤穗浅野家亲族大名[2]，指示他们要保证在赤穗城中不发生骚动的情况下交出城地。

---

1. 内匠头：日本旧时官职名。此处指浅野长矩。
2. 大名：日本封建时期的领主、诸侯。

内匠头即日剖腹，而吉良上野介却未受任何处分。对于这个决定，当日城中已经出现不满情绪，所以幕府也考虑到赤穗浅野家亲族不能接受这种处分，一面暗示亲族需负连带责任，同时也在寻求一种稳妥的处理方式。

当然，浅野安艺守、户田采女正等亲族大名相继向赤穗派出使者，按照幕府的意向，劝说城内以稳妥的方式交出城地，内藏助却不时对这种说项做出反弹。

在这之前，当确认了吉良上野介的存活时，内藏助曾派使者向幕府方面的驻藩代表陈情。对于浅野本家安艺守的劝说，内藏助表示：在得知陈情的结果之前，他不能接受安艺守的命令。这便是一个例子。

这种强硬的态度，明确地向浅野本家乃至向幕府表达了内藏助的意志：该说的话就得说。他不左顾右盼，也不恐惧权威。这种坚定的应对，不会让人觉得是拾人牙慧或替人代言，明确地抓住了要害和该做的事情，并具备与之对应的行动力，已经体现了领导者的厚重。

提个好奇的问题：内藏助的内心到底有没有为亡君报仇的想法？

内藏助是赤穗浅野藩的首席家老[1]，又是被浅野家族特别眷顾的大石一族的中心人物，沉重地肩负着藩祖以来赤穗浅野家的托付以及父祖以来作为大石一族长者的责任。

从交出赤穗城到杀入吉良邸，内藏助可说是始终站在这个立场上行动。藩币兑换、交出城地以及与之相关的诸种棘手的善后事宜，还有之后向幕府争取再兴主家的工作，所有这一切，内藏助都是出于这个立场在做。

众所周知，内藏助所说的浅野家再兴包括两方面的内容，一是希望让内匠头的弟弟浅野大学继承浅野家的家长身份，接着另一条就是：如果大学继承了家长身份，就应对吉良进行某种处分，以保证大学在城中的人际活动空间。

也就是说，内藏助的主家再兴工作并非仅仅哀愿恳求保留浅野的家名，而是把大学继承家名与处分吉良两件事捆绑提出，向幕府争取浅野家名誉的重建。

内藏助的这种想法内含的观点是：幕府关于浅野刃伤吉良事件的裁断存在偏向，浅野的名誉因这种偏向的处分而受到单

---

1. 家老：大名手下家臣之长。

方面的践踏。作为首席家老以及受主家宠顾的大石一门的长者，内藏助有责任努力恢复浅野家的名誉。

再兴工作的形式是恳请，其内容却是迫使幕府修正浅野处分的一把匕首。设若幕府接受，浅野的名誉得到恢复，内藏助可以什么都不要，以出家了结。他在回复堀部安兵卫等人的信中就是这样表示的。

但如果幕府不接受他的恳求，这时就唯有袭击吉良，用自己的力量恢复浅野的名誉。为此，内藏助掌控着共同誓盟的义士。不过他的想法是：哪怕不杀上野介本人，如果上野介避居米泽[1]，那么杀了上野介的嫡子左兵卫义周，也算恢复了浅野的荣誉。

可是堀部等人为亡君复仇心切，内藏助的这些想法肯定难以被他们这些江户激进派接受，他们不时言辞激烈地非难内藏助按兵不动。然而最后内藏助还是平抑了堀部等人的情绪，等到再兴工作有了眉目才转而讨杀吉良。

1. 米泽：地名。吉良上野介的长子纲宪被过继给米泽藩主上杉家作养子并继承米泽藩主之位，纲宪的儿子左兵卫义周又被过继给吉良上野介作嫡子。左兵卫义周从血统而言其实是吉良上野介之孙。

在这期间，堀部等人尽管啧有烦言，却未轻举妄动，这大概也是内藏助的威信使然。

内藏助的寻欢作乐多半并非作假。那是一个狎妓荣耀、众道[1]盛行，连男人也专注于衣着发型的时代，内藏助似也有追求享乐的一面。

但也不应因此而怀疑内藏助的内心世界。出色地为遭意外厄运的藩政做好善后工作，进而又率领一众义士恢复赤穗浅野一藩的名誉，这样的事业若非内藏助还有谁能完成？事实是，除了他，谁也没去做这样的事情。

（《国立剧场宣传册》1978 年 11 月 5 日刊）

1. 众道：指武士之间的同性恋。

寺坂传说的周边

武田次兵卫先生在《历史读本》1971年12月号撰文介绍：福冈县八女市近郊的一念寺保存着寺坂吉右卫门[1]之墓。

据武田先生文章引用的《一念寺缘起志》介绍，寺坂复仇后告别众义士，四处奔走寻找义士的遗族、亲族通报情况，然后变身游方僧渡赴九州，找到吉田忠左卫门[2]住在久留米的婶母，报告了复仇的详情。

之后，寺坂进入久留米南部八女郡忠见村的寺庵，供养一众义士的亡灵，并在那里终其一生，殁于享保[3]十四年闰九月

1. 寺坂吉右卫门（1665—1747）：又名寺坂信行，赤穗四十七浪士之一。起事后因受命传播义举真相而未与其他四十六名义士一起赴死，也有一说称其临阵逃脱，或称其因不够武士级别而被免死。
2. 吉田忠左卫门（1640—1703）：又名吉田兼亮，赤穗四十七浪士之一，据说在四十七人中地位仅次于大石良雄。
3. 享保元年为公元1716年。

九月二十六日，享年六十六岁。这个寺庵是一念寺的分寺，所以遗骸被一念寺领取埋葬。一念寺留存着据说是寺坂参加复仇时用的长矛和厚刃刀。

桐原忠利所编《都之锦·铁舟萨摩路的足迹》一书则称：鹿儿岛县出水的米之津和平松也有寺坂吉右卫门之墓，并流传与之有关的各种传说。

该书称：寺坂吉右卫门为了将赤穗义士的忠义真相传之后世，遵照大石内藏助的命令藏匿在枕崎西北鹿笼金山，然后又转至吉松，写下《参考不断枕》十二卷，之后又从吉松转到米之津，于享保十一年丙午十月五日去世。其墓就是现在米之津留存的所谓寺坂墓。

享保二、三年间，山水郡平松村住进了一位名曰山门又称铁舟的剑客，收有不少当地的门人。山门的剑法汲取了“药丸示现流”的风格。享保十一年丙午十月五日山门去世后，其得意弟子池上将其剑法续传，一直到明治四年。这位被称为“山门”或“铁舟”的人物被认为就是寺坂吉右卫门，据说这种猜测能被其死后发现的谱系图所证明。山门亦即所谓寺坂吉右卫门之墓位于平松墓地。

此外，岛根县益田市、宫城县泉市、伊豆的慈愿寺据说也都有寺坂的遗迹。

不过正如众所周知，真正的寺坂吉右卫门之墓在江户麻布，也就是现在东京都港区南麻布的曹溪寺内。曹溪寺对寺坂来说，是一因缘匪浅的寺庙。在义士中，唯有寺坂一人得享八十三岁天年，殁于延享四年[1]十月六日并葬于此处。这是已被确认的。

那么，为何九州的八女市和出水市，以及伊豆、益田市、泉市等地会有传说为寺坂之墓的遗迹呢？

武田先生认为，八女市一念寺的墓体现了后世人们彰扬吉右卫门乃至赤穗义士伟德的真实心愿。情况当确如此。

虽不清楚寺坂所寻吉田忠左卫门婶母的情况，但当时的久留米住有吉田忠左卫门之妻阿林的两个弟弟和一个妹妹。两个弟弟分别是羽田传左卫门和柘植家族的继承人柘植六郎左卫门，都服务于有马中务大辅[2]，幺妹嫁至同藩的平地市右卫门家。

1. 延享四年：公元 1747 年。
2. 有马中务大辅：中务大辅是日本旧时官职名。有马家族曾为久留米藩主。

很多人都知道，《寺坂信行笔记》就是写给羽田传左卫门、柘植六郎左卫门这兄弟俩的备忘录，其中有一段话被引为“寺坂逃亡说”的反证文献之一：“吾亦一同闯入上野介阁下居室行事……撤出一事之详情，容当再告。”

也就是说，寺坂在事件前和事件后都侍奉于吉田家，久留米应该有与吉田家妻女阿林血缘关系最近的人，寺坂就是为了找这样的人而去久留米的。事实也许就是这样。

阿林姐弟之父羽田新八郎，原名熊井新八郎，本来服务于赤穗浅野家。从这个意义上说，羽田兄弟对赤穗义士一事的关心，有可能超过了对阿林之夫吉田忠左卫门以及外甥泽右卫门行动的关心。

另外，在义士受到全体切腹处分之后的四月，吉田忠左卫门的四子传内与间濑定八（久太夫之子）、中村忠三郎（勘助之子）、村松政右卫门（喜兵卫之子）[1]一起，被流放到伊豆大岛，传送这个消息可能也是寺坂去久留米的目的。

不过正如武田先生所言，所谓寺坂从久留米去了八女，

---

1. 久太夫、勘助、喜兵卫均为赤穗义士。

并在寺庵终其一生的说法，只是后世之人由心而生的一种虚构之类。

另一方面，所谓寺坂吉右卫门在鹿儿岛的出现，桐原忠利先生推测为上方[1]的戏剧作者都之锦[2]的伪称。

都之锦是元禄[3]年间活跃于上方的戏剧作家。著有《元禄太平记》、《元禄曾我物语》等多种浮世草纸[4]，于赤穗义士复仇的翌年春去江户，在那里被作为流浪汉抓捕，并遣送至萨摩的长野金山，然后因难耐苦役而试图逃脱，被抓回受刑时提出了恳求即刻斩首的“牢诉状”，并因此而出名。

桐原先生在《都之锦·铁舟萨摩路的足迹》中称：鹿笼金山存有《参考不断枕》，那个自称寺坂吉右卫门的人物，其实是赦免后从长野金山转至鹿笼金山的都之锦，而那个以山门、铁舟之名出现在出水市平松、死后又以所持谱系图而被认作寺坂吉右卫门的剑客，也应是晚年的都之锦，当时他一度重归上

1. 上方：京都及其周围地区。
2. 都之锦（1675—不详）：日本江户时期作家。
3. 元禄元年为公元 1688 年。
4. 浮世草纸：市民生活题材的风俗小说，在京都、大阪地区流行。

方文坛，正德二年[1]由京都的书肆出版《当世智慧鉴》后，再一次销声匿迹。

都之锦用过林忠助、宍户光风、宍户铁舟等数个姓名，在铁舟居士即寺坂吉右卫门所作《参考不断枕》出现之前，都之锦还用林忠助之名写过讲述赤穗义士故事的《武家不断枕》。

关于名曰“山门”的剑客，尽管还有考究的余地，但出现在鹿笼的“寺坂吉右卫门”，当如桐原先生的推测，很有可能是具有狂躁气质的戏剧作家都之锦的伪称。

但是，即便把鹿笼的“寺坂吉右卫门”看作《武家不断枕》作者对于赤穗义士的一种痴迷，那么其他各处所存寺坂之墓又意味着什么呢？

想到与之关联的两事，一是赤穗义士复仇事件过了七十年后，出现了一位妙海尼，自称是义士堀部安兵卫之妻，并在江户颇有人气；还有一位大野九郎兵卫，是与大石内藏助并名的家老，但专门承担一些会留恶名的事情，各地也散在一些据称

1. 正德二年：公元1712年。

是他的墓。

妙海尼无疑是个假货，对于当时的人们来说，自称安兵卫之妻的尼姑所讲的赤穗义士故事，一定是被当作出自直系亲属之口的真事，鲜活地打动了他们的心。妙海尼接受各地的邀请接待，讲述赤穗义士故事，乃至传说她三度向幕府提出浅野家再兴的请求并遭训斥，似乎一直被作为安兵卫的真妻看待。众所周知，这位妙海尼的墓在泉岳寺的门侧。

至于大野九郎兵卫，实际情况大致是：事件后易名伴闲精住在京都仁和寺旁，死后葬于东山的黑谷。

可是据说在群马县安中市矶部的松岸寺、山梨县甲府的能成寺、福岛县的庭坂岭、山形县的板谷岭，乃至青森县东津轻郡今别町本觉寺都有大野九郎兵卫的墓。今别靠近龙飞崎，在本州的北端。

其中位于庭坂岭、板谷岭的墓又是产生所谓“赤穗义士第二阵地”的舞台，具体说法是：为防备江户的大石等义士袭击吉良邸失败，九郎兵卫与同志一起在此待机，听到复仇成功的消息后便就地切腹。

青木一夫先生执笔的《考证赤穗浪士》解释说，这两处墓之所在，与其说证明了九郎兵卫死于此地，毋宁说是其在此住过的证据。

这些传说中墓所在的地方，大野是否真的住过，也还有小小的疑问，但从跟大野有某种关联的意义上说，墓的存在大体应如青木先生的见解，可谓是义士人气派生的遗迹。

笔者家乡山形县有一名叫“鼠关”的地方，传说源义经[1]投奔奥州时，曾从越后乘舟在此登陆。当地人请写过《源义经》的村上元三[2]先生来此讲演，一席宴请之后，又请村上为纪念碑挥毫。

据说当地人希望村上书写的是“义经上陆之地”，村上先生则说应将传说与史实区分，写下“义经因缘之地”几字。这段故事应是作为对村上见识的赞许而在当地流传，但也说明了传说与史实仅一步之遥，若能得到某种权威认可，传说便具有了立刻转化为史实的性格。

借用前面的话说，麻布曹溪寺以外之处的寺坂墓，大概都

---

1. 源义经（1159—1189）：日本武士、将军，有杰出的军事才能，曾助其兄源赖朝获得全日本的统治权，后因不见容于源赖朝而遭讨伐，最后被迫自尽。
2. 村上元三（1910—2004）：日本作家，所著小说《源义经》曾被日本 NHK 改编成长篇电视剧。

只能视作寺坂因缘之地所建的纪念碑性质的墓，后来才附生了殁于此地的传说。大野九郎兵卫的墓也似可依此思路理解。此外，鹿儿岛留存的寺坂传说之墓则与妙海尼的情况相似。

赤穗义士的复仇作为打击泰平之世的一大事件，被人们口口相传，以极快的速度从江户传至地方。这故事变成了书，变成了戏，尤其是在事件发生后第四十七个年头的宽延元年[1]，净琉璃[2]《假名手本忠臣藏》在大坂竹本座[3]上演，赤穗义士的故事获得压倒性的人气。据说这部净琉璃剧在竹本座连续公演四个月，当年底在大坂的岚座，翌年在江户的三座又以歌舞伎形式上演，人气益发高涨。

吉右卫门死于竹本座净琉璃上演的前一年，可以想象，在这股赤穗义士热潮中，寺坂吉右卫门的存在重又给他的各个因缘之地的人们留下了强烈印象。

就连冒牌货妙海尼也得到了相应的人气。寺坂吉右卫门是

1. 宽延元年：公元 1748 年。
2. 净琉璃：日本民间传统曲艺形式，后加入木偶表演，发展为人形净琉璃。其唱腔被歌舞伎汲取。
3. 竹本座：具有代表性的日本人形净琉璃剧场，1684 年创立于大坂道顿堀。

义士中唯一的真正存活者，他所经之处建起“纪念碑”并产生传说，甚至还出现了像都之锦那样冒充寺坂的人——这样的人气，也并非不可思议。

（《发给历史的邀请⑤》1980年3月1日刊）

《溟海》的背景

如果不论喜欢与否，只说自己最难忘的小说，对我来说，当为获得《大众读物》新人奖的《溟海》。

四十岁前后的一段时间，我过得非常郁闷。说是郁闷，倒也并非对工作或社会有特别的不满，完全是我个人内在的问题，但也因此而对社会绝望，并对这样的自己非常厌恶。

在这种情况下，最简捷的排遣方式应是饮酒或酒后向亲近者倾诉自己的郁闷。但我也许因为受了旧式教育，总觉得这样不像个男人，自己的问题应该自己处理。当时我的精力和体力都还允许我有这样的想法。

这种想法的实行并非一定要跟小说结合，但对我来说，却跟写小说发生了关联。

《溟海》就是在这种情况下完成的小说。写的时候没觉得，变成活字读了之后，发现这俨然一个带着郁闷过了四十岁并渐渐看到未来的中年职员写的小说，主人公北斋处处都似我的自画像。

我还清楚地记得接到新人奖获奖通知的那个夜晚。之前文艺春秋社曾联络我，让我详告当晚所在。在结果揭晓的那个时间段，我一般都应在下班回家的电车中，于是我决定把上班的地方作为联络处，一边加班一边等待落选的通知。

还有其他人也在加班，但过了七点后，只剩臼仓社长和我两人。不记得获奖通知是什么时候来的，反正接完电话后，我瞬间茫然，然后放下电话准备回家。

这时社长也准备下班，并邀我喝一杯再回家。我和社长一起穿过昭和大街的步行桥，进了桥对面银座八丁目的一家店，那里的炸胡萝卜鱼肉饼很好吃。

我们喝了一阵之后，获奖的喜悦才涌上我的心头。我曾背负深深的抑郁，以至非写小说不可，但对这小说能否得见天日又抱着些许的怀疑，现在总算相信这已成现实。

我离席给家里打电话，但没好意思跟臼仓社长说。我十分清楚自己的获奖小说是在什么情况下产生的，而且觉得不该将工作和小说混同。

和社长分手后在新桥上了电车，车上很空。我借着微醺做出上班之余一年写一篇小说的打算，并考虑应在哪里发表作品，除此以外别无他望。

（《周刊文春》1979 年 10 月 4 日号）

一张照片有感

我手边有一张不可思议的照片，对开大小，上面是我小学时跟三个同级生在放学路上的模样。说不可思议，是因为完全不记得什么时候由谁照的，照好的照片又怎么会到我手上。

不过一看照片就知道那是小学五六年级的时候。照片的构图是：我和H同学并排走，身后走着也是同级的女孩T和S，H一面走一面入神地在看杂志模样的东西，一看就能知道是那个时候的照片，背景是1938年或1939年左右尚十分牧歌式的农村风景。农村也出现浓重的战争色彩还在稍后的时候。

H在读的无非是《少年俱乐部》、《谭海》或《新青年》。我和H那时都热衷于杂志和立川文库，在家没读够，上下学的路上也读，甚至上课时避着老师读，招来班上同学的鄙视。

当时的热衷多半潜藏着某种东西，成为我写小说的原点，但对我来说，这本身并非我开始写小说的动机。

我开始写小说的动机是灰暗的，所以我写的东西也色彩灰暗。我不想写那种美满结局的小说。我觉得自己开始的小说就有这样的毒素，这就是选择写时代小说[1]的理由之一。我只把小说作为一种消解压抑感的手段。这于我固然无甚不可，于读者一定会带来负面影响。

不过最近在我自己并未清楚意识的情况下，好像也能写出结局光明的小说了。毕竟已经写了七八年，那毒素也该稀释了吧。

我孩时曾被小说弄得如痴如醉，现在我考虑的就是小说的那种趣味性，也就是让自己的思考方式终于回到了原点，变为想写那样的小说了。

大概没有作者从开始就设定读者而写小说的，但在七八年的写作过程中，也会有了心心相印的读者。这些读者长年与我那些郁闷不快的小说交往，我现在也希望能让他们读到有趣的小说，以资赎罪。

---

1. 时代小说：特指以日本武士时代的风俗、人物等为题材或背景的通俗小说。

当然，有趣的小说在如今的时代状况中也非那么容易写，但我还是对此抱乐观态度，仍然以肯定的眼光关注着小说的可能性，觉得自己只是因为功力不足而尚未将其捕捉而已。

小说《浪客日月抄》（8月出版）也许多少有些以上所说变化，不过有趣与否还得由读者评判。

（《渡》1978年8月号）

转型的作品

我是距今约十年前开始写小说的，那时写的都是色调灰暗的小说。别人这样说，我自己重读当时的小说时也会发现结局多为灰暗，以至于让人有些痛苦之感。男女之爱总以别离结束，武士在故事中则总是死去的下场。我不会写出光明的结局。

写出那样的小说自然有其理由。从那之前我就背负着一种无法对人言诉的忧郁心情生活。因为不能轻易向人诉说，心中的忧郁始终不得消解，因而带进了生活之中。

一般在这种场合，人们都会寻找一些转移心情的方法，以恢复精神的平衡，例如饮酒或参加体育运动之类。

可是我不大能喝酒，对钓鱼、高尔夫也没兴趣。我对博彩有点兴趣，却又因生来胆小而难以出手。我背负着难以消解的忧郁，同时既是一个靠着在公司上班领薪过日子的平均水平的社会人，又是一家之主，有妻儿有老母。唯其平凡，我不愿失去自己尽力保持平衡的社会感，不能做出什么放纵的事来。

要想放纵，又不给妻儿和社会带来麻烦，办法只有一个，对我来说就是小说。带着这样的心境写出来的东西，自然就带有灰暗的色彩，“故事”这个皮囊中被拼命灌入了抑郁的心绪，我以此一点点地得到解助。所以我初期的小说就是借用“时代小说”这种故事形式而写的私小说[1]。

那时我只考虑写，至于写出来的东西被别人阅读，也就是意识到读者的存在，我现在已说不准是从什么时候开始的了。一旦发现自己的作品被别人阅读，不言自明的是我的小说缺少大众小说趣味性中的要件——明快和解助，从而成为非常困扰别人的产物。一旦意识到这一点，即便自己心情中的郁闷尚不至完全消解，也就可以凭借写作得到了某种程度的治疗和释放。

有了这样的完整意识，又一不言自明的便是：如果我还继

1. 私小说：日本独特的小说类型。以作者本人为主人公，以自己的身边事以及心境为题材的小说。

续写下去，那就不应一味吟咏郁屈，还应吟咏获得解助的自己，无论对自己还是对读者，这都是唯一正道。我最后选择了这种方式，当然这也是职业作家面对“故事”而下的决心。

至于这种内在的变化如何与小说的表现结合，我全然不知，使当时的我在过一座险桥。表现方式的改变之类，并非可以有意识地轻易做到，而是从某个时期开始极其自然地进入了我的小说，哪怕尚觉钝重，也已体现了诙谐的要素。把这作为方法而自觉运用，可以非常确定的是从《小说新潮》连载《浪客日月抄》这一时段开始的，之后的《浪客日月抄·孤剑》以及这次的《浪客日月抄·刺客》都属于转型的作品。

突然想到：我一直认为“北国人不善言表”的说法是一种偏见，那仅是在比自己口齿伶俐的外部人种面前的一时口讷，北国人自己交流时不会这样。

小时候我常在村里的集会场所听到小伙子们飙无聊话，记得他们一来一去中所含的绝妙谐趣，那些像子弹一样飞出的对话中每一句都含妙机，引得哄堂大笑。无论是说村里发生的事还是议论人物或是谈女人，无不妙趣横生。一旦我们小孩也被逗乐，就会突然遭到训斥而被赶走，那大概是因为乡野年轻人的杂谈不免会发展到有点鄙猥的地步。

到了内部的压抑稍稍淡化的时期，我的内心即使未似集会场所那些小伙子那样开放，北国式的诙谐也许已经苏醒。

我现在这样写，是因为虽然还不能十分确定，但已感到自己的小说又发生了一些变化。这种变化固然主要跟年龄有关，但从根本上说没有脱离作者本身，不管怎么写，小说还是难以摆脱作者的自我表白隐含于其中的命运。

（《波》1983 年 6 月号）

#《密谋》结语

我在小说中常写到米泽藩的上杉家族。某篇作者介绍中说我出生于米泽，其实我的出生地鹤冈虽与米泽同在山形县，两地间却有火车四五个小时的距离。

鹤冈人为何要写米泽？我想这里还是有着我从小对米泽这片土地所怀的特殊兴趣。

不知现在的孩子对战国时代的英雄怎样评价，我小时候以会打仗而论，简单地把上杉谦信[1]、武田信玄[2]置于信长和秀吉、家康之上。信玄向京都进发示强，德川出兵阻挡，武田军团凭三方原[3]一战粉碎德川军势。上杉与这位武田势均力敌，而且

1. 上杉谦信（1530—1578）：日本战国时代名将。
2. 武田信玄（1521—1573）：日本战国时代著名军事家、政治家。
3. 三方原：今日本滨松市内。公元 1573 年，德川家康和武田信玄在此会战。

凭史上有名的川中岛之战[1]，让我甚至觉得略胜武田一筹，在我小时候的头脑中排在战国时代最强兵团的位置。米泽是上杉这位战国之雄后裔的城下町，这片土地与我的家乡在一个县内，不能不引起我的兴趣，而且即使这种兴趣带有若干炫耀和敬畏，也并非不可思议。

尽管米泽对我来说是这样一个地方，但我却始终没有去过，其中有交通方面的原因，同时也因为我尽管有兴趣，但自己对历史的爱好还没达到特地去做实地考察的地步。我在开始写小说之前没见过这个地方，也不曾专门去找有关米泽的书看。我对米泽所抱兴趣虽然极不明确，但对于这个古老、威严的城下町的兴趣却始终持续着。

自写作时代小说之后便常常写到米泽，以前面所说原委来看，也可谓顺理成章，因为所谓小说，就是由对事件和人物所持兴趣或疑问触发而生的。

我在长篇小说《囚车渡墨河》中写了云井龙雄[2]，还在中篇

---

1. 川中岛之战：公元 1553 至 1564 年发生在北信浓川中岛（今长野市）地区的战役，交战双方为武田信玄和上杉谦信。
2. 云井龙雄：米泽藩士之后。参见本书《耿漳的〈秋日〉》一篇注解。

小说《非幻》中写了上杉鹰山[1]公，但其中关于这个米泽藩上杉的最大疑问就是这个家族在关原之战[2]中的进退。因为此战，上杉从俸禄一百二十万石的会津藩主转封为俸禄三十万石的米泽藩主。

这次封土削减当然与上杉加入关原之战的战败一方有关，可是让我不能接受的是：自逞精强的上杉军团怎么会在那场决定天下归属的战争中不作像样的一战。他们并非无人，在谦信之后有沉着勇猛的武将景胜[3]，而在执政方面，则有被称当时才干屈指可数、智勇兼备的直江兼续[4]，麾下的将士都通晓谦信以来的兵法，不曾失去传统的精强。

这样的强国上杉，为何会在那个重大时期打不出一场像样的战斗，最后从会津移藩米泽，甘受相当于原先食邑四分之一的待遇？这是我多年以来的疑问，并有兴趣做出自己的解答。

---

1. 上杉鹰山（1751—1822）：日本江户时代第九代米泽藩藩主，曾对藩政进行有效改革。
2. 关原之战：公元 1600 年 10 月发生在美浓国关原（今岐阜县不破郡关原町）的战役，交战双方为德川家康为首的东军和丰臣家臣石田三成所率西军，结果东军获胜，并奠定了德川掌政的基础。
3. 景胜：即上杉景胜（1556—1623），上杉谦信的外甥、养子，日本战国武将。上杉家族在其任藩主时从会津移封米泽。
4. 直江兼续（1560—1620）：上杉氏家老。

《每日新闻》连载的《密谋》就是因这种想法的驱动而写。

我有一失算：动笔时打算尽量省略已被人们写尽的当时历史事件，把焦点集中于上杉这一当时强国的活动，可是从秀吉时代到家康时代，与上杉关联的活动的幅度之大，超出当初我的预测。若要避免重复记述，则无法写好上杉的活动。由于这个原因，小说写完时连载期数大大超过预定，给各方造成麻烦。我认为，战国末期这个时代本身就是一出戏，事件和人物紧密绞合，织成一出大剧，上杉只不过是这出剧中的一个登场人物。

小说中的事件大致依史实而写，但名为“与板之草”的一群“忍者”[1]则是我的创作。关于“忍者”，在文献上可以散见一些记载，例如三成[2]一方在讨论袭击宿泊于藤堂公馆的家康时，长束正家[3]就主张派“忍者”潜伏于藤堂公馆。大概任何时代都不会像现在这样活跃着一批专职窃取情报的“忍者”，所以我认为即便是虚构，描写“忍者”的活动似乎也没什么不

---

1. 此处指日本旧时由武士或幕府派出的密探、间谍之类的情报人员。
2. 三成：即石田三成（1560—1600），日本战国时代、安土桃山时代的军事家、政治家，丰臣家族的重臣。
3. 长束正家（1562—1600）：日本战国时代、安土桃山时代的武将，丰臣家族的重臣。

合适的。

另一方面，从历史的总体考虑，史上留名者屈指可数，他们背后则埋没了无数默默无闻者，这就是历史的真实。由此而论，“与板之草”虽是一个虚构的团体，但我想他们距离历史的真实应该不会太远。

（《每日新闻》晚刊 1981 年 10 月 6 日号）

《海啸》搁笔之际

要给“时代小说”定义，其中包括了以武打为主的剑客小说，追求空想的传奇小说，描写最普通的市民、匠人阶层的市井小说等等，若要从中举出最与现代小说接近的分野，我觉得应是市井小说。

“市井”一词缘起于中国古代，井和井田（周代的田亩制）所在处是人们聚集的地方，从而转指人家聚集处以及街市。照此解释，市井小说就是普通人的故事，若除去时代背景的差异，也就是我们自己的故事。

虽说是我们自己的故事，但因时代背景设定为江户时期之前，所以自然就不能直接成为现代的我们的故事，而要受到时代的制约。但所谓市井之人不像当时的武家阶级那样受到特殊道德戒律的约束，若除去平常习惯，他们的心理和行动当与今日的我们没有太大的距离，尤其在亲情和男女之情之类人的原初感情方面，应该与现代没有什么差别。这是我的私见，如果以此观点出发，即便并非无限接近，市井小说也是一种可能写得非常接近于现代小说的小说。

再者，说到明治，就更易于亲近了。江户时代容易让人觉得太遥远，而小说《海啸》的背景年代严格地说是文化十年[1]，早于明治不过五十五年，我就是这样把小说尽量拉近于现代的。

我一直想写一篇市井题材的长篇小说，谁知却无机会。《海啸》是从精神和肉体都易处于动荡之中的中年一代找出一对男女并追究他们的命运。但我又有点踌躇于它的发表，因为我们所处的现代是个强烈追求刺激的时代，而这部小说既无武打的热闹，又无匕首的寒光，只是一个平常人的故事。

有幸得到报纸提供长篇小说的舞台，让我完成了一直念兹在兹的这个种类的小说。但也由于上述原因，读者中一定有人觉得无味。我想在这里感谢大家的长期陪伴。

---

1. 文化十年：即公元 1813 年。

老实说，我开始写《海啸》时是打算让故事主人公新兵卫和阿香双双殉情的，但也许在长期的相伴中我移情于他俩，已不忍杀了他们，于是有点勉强地让他们逃离了江户。这于小说当无不可，但这或许是因为我年龄使然，不想写得悲惨。既然好不容易逃脱，作为作者，我也就想跟读者一起，让他俩善始善终地躲到水户城下，用带着的钱开一家“帐屋”（现在的文具店）之类，隐姓埋名地过日子。

（《河北新报》1983 年 6 月 29 日号）

难写的事实

小说——即使是有原型人物的小说或历史小说——不可能原封不动地抄写事实。

即使看似叙述事实本身，其中也还是加入了一种叫做“作品化”的燃烧作用，这就叫小说。如果只是再现事实，就没有必要叫小说了。

这样的小说虽必以事实为基础，但如何把素材剪贴和加色后给读者看，这就是作者的功力了。

事实与小说的关系并非从来就这样圆满，而会有困扰作者的情况发生，比如说事件本身作为小说的素材缺乏趣味，或者写出来会对人造成伤害，这时作者面临的判断是放弃将其写进小说还是以一种责任感把它全写出来。这种判断的必要性或大或小，却始终都会出现。

不过对我来说，与写现代题材的人相比，在这一点上好像要轻松一些。即使对于同一个事实，由于中间有了时间这个缓冲物，即使与某事件相关的后人还在，也比较容易取得谅解。过去别说写，甚至连说出来都属禁忌的事情，有的后来渐渐就可以写了。

尽管如此，作者还是常常必须对写或不写做出判断。

例如，我最近写了有关一茶[1]的小说，在读到他记录日常性生活的日记时有点困惑：如果全不触及，就无法对一茶这个人做一全貌的描述，可是长野还有一茶的子孙，再怎么说这是先祖的事，是过去的事，总还是觉得不可把这种事情明着写出来。

结果我一带而过地写了其中的一部分。有人会觉得这日记的记录有点异常，我却不觉得有多异常，处理到这程度就可以了。

再早一些时候，我在地方报纸上写了清川八郎[2]，八郎是个所谓的“花男人”，年轻时相当放荡，而且这种行为发生在其妻女被囚于传马町的牢狱中受苦的时候，于是八郎这个人的人品就成问题了。这种事情肯定是八郎后人不希望写的，但我还

---

1. 一茶：即小林一茶（1763—1827），日本江户时代著名俳人。
2. 清川八郎（1830—1863）：又名清河八郎，江户末期政治活动家，积极投身维新运动。

是斗胆写了。

清川八郎作为学者在神田创立了学塾，作为剑客取得了千叶道场的证书，后来又奔走并献身于尊王倒幕事业，我却觉得这样一个人物在新潟狎妓一事作为其凡夫的一面是很值得诊视的。

因为难写，让我至今不能下笔的一个人物是幕末指挥庄内藩行动的菅。我老家庄内藩与会津藩并称为最后的朝敌，我希望一定要把老家的这段幕末史作为自己的一次创作素材，但由于对其中心人物菅的评价至今仍有分歧，所以写这个人需有相当的思想准备。

在把事实小说化方面，我觉得至今一直比较幸运，虽也遭受过两三次侵权的投诉，但在资料的使用方面，多数人还是给予令人欣慰的谅解，这也许因为我的原则是不以小说为借口提要求。既然要写小说，我也会碰到一些即使被拒也想写的素材，遇到这种场合，我并无自信是否应乖乖退却。如果把这当作生意，那也只能是只讲付出不讲收益的生意。

（《普门》1978 年 10 月 1 日，总第 3 号）

错误

我所写的时代小说所牵涉的地理或人物、时代风俗等细节，事先做好某种程度的功课是必不可少的，可是即使做了功课，仍时会犯下令人惊呼的错误。

我在某杂志上把深川门前町的大马路写成“马道路”，三百页的稿纸通篇都是这样，而实际的称呼应是“马场路”。我不应不知道，却还是跟浅草的马道混淆了。

因为一开始就陷进去了，所以没当一回事，在杂志上发表后也没发现，看校样的时候仍没发现，直到成书上市销售之后才发现，惊叫一声，却已晚矣。

最近犯了更严重的错误。关于某幕府老臣的任期，我查明是从明和[1]三年到天明[2]六年，我让他在安永时代的故事中登场。按照时代顺序应是明和、安永[3]、天明，所以我认为安永当然就包含在任期之中。我查的是平时信任的《日本史年表》以及另外两本也是可信的书上所载的一览表。

然而某日我无意中浏览新井白石的《藩翰谱》，这位人物被记载为明和六年去世。我顿时悚然，又查了《德川实纪》，确实是明和六年。年表和一览表上的天明六年都是明和六年之误，我等于是让故人当活人在小说中登场了。

即使做了充分的功课，还是有可能发生错误。我平时认为，所谓人生，就是由错误以及对错误的处理而构成，所以不必拘泥于完美。这次错误就是对我这种态度的回应。我应为自己懒得去查原典而后悔。到了这种时候，也只有默默地一身冷汗了。

（《东京国税局局报》1979 年 4 月 16 日号）

---

1. 明和：日本年号。元年为公元 1764 年。
2. 天明：日本年号。元年为公元 1781 年。
3. 安永：日本年号。元年为公元 1772 年。

小说《一茶》的背景

自写小说之后，去地方上讲演，会被要求在彩笺纸上题字。这种时候我大多会写自己作的俳句，不过总是写自以为得意的那首：

跑步出房檐

似冰寒月倚中天

独照一只犬

这首俳句很久很久以前曾受百合山羽公[1]先生褒奖，没有什么拿不出手的，写的时候毫无顾虑。可是给同一个人写了两三张都是这一首，立刻就露了马脚——拿得出手的就这么一首。

其他还有，例如：

1. 百合山羽公（1904—1991）：日本俳人。

桐花簇簇荣

送葬队伍踏落英

过后杳无踪

这首曾被百合山羽公、相生垣瓜人[1]两先生主宰的《海坂》取为卷头篇，但是出于生病时的特殊心境，所以不适合写在彩笺之上。

我与静冈的俳志《海坂》保持关系是从1953年春到1956年春，大概三年的时间。1955年4月发行的《海坂》上登有会员名册，我的名字也在县外会员之列，所以是个在册会员。

怎么会成为《海坂》会员，大致经过如下。

大概是在1953年的2月，我从老家山形县鹤冈市住进了位于东京西部北多摩的某医院。这里是结核病疗养所，我在老家得了结核病，一直不愈，经介绍来到这家医院。

说是结核，也就是说X光照片上有病灶，既不疼也不痒。无事可做之际，同为患者的S成立了俳句会，劝我也入会，我

1. 相生垣瓜人（1898—1985）：日本俳人。

立即入了。

会员大概有十来人，都是像我一样的患者以及护士、职员等。医院旁边有一条据说是松平伊豆守信纲[1]指挥开掘的野火止川，其实也就是六尺宽的细流，于是俳句会就取名“野火止会”，我们满怀希望地出发。

其实真正具有作句经验的只有主倡者S一人，其他人基本上都是刚起步实作，我也是这样。我们以S为典范，懂得了俳句必须要有季语，季语写在叫作《岁时记》的书中。我们以此出发，开始动手学习作句。

我听S指点，买了虚子[2]的《季寄せ》[3]，无论是参加句会还是吟行，这本小小的《季寄せ》都随身不离。

那医院周围现在已经全部盖了房子，全无旧时的影子，而当时则是一片茫茫的麦田，麦田前面则是麻栎、枹栎、栗、野茉莉等杂木林和村落等。

杂木林中，春有日本木瓜、堇菜花开，秋有果实落地，我

---

1. 松平伊豆守信纲：即松平信纲，日本江户时期前期大名，德川家族的重臣。
2. 虚子：即高滨虚子（1874—1959），日本著名俳人、小说家。
3.《季寄せ》：简略版的《岁时记》。

们所谓的吟行，就是在这杂木林中到处走。每逢句会，虽也有人讲起“根源俳句”[1]之类很高大上的理论，而S则不管这些，只是一味指导“写生句”。

看到我们作品总算具备了俳句的模样，S就鼓励我们向他参与征稿的《海坂》投稿。他的体格堪称魁伟，却在战地患病，进这个医院前曾住静冈的医院。这就是我与《海坂》交往的开始。

可是我作俳句实足的时间大概是一年半。医院是人员流动极其频繁的地方，病人痊愈后就出院，护士也有进出，野火止句会渐渐衰落。

于是我至今把羽公先生褒奖过的一首俳句当作至宝走遍四方，由此可见作句的功力没有长进，在列入《海坂》会员名册的1955年，其实基本不写俳句了，因为对自己的才能已失去信心。

说是俳句的落第生也罢劣等生也罢，这样的人写小说了，所以就写了小林一茶，这未免让人觉得离谱。

---

1. 根源俳句：和下面提及的“写生句”都是俳句界的一些理论流派。

可是，一切都始于野火止句会和《海坂》。

我见羽公先生批评“跑步出房檐”这首俳句的文章中引用了川端茅舍[1]的作品：

寒月挂中天

银光倾泻洞穴现

蜷伏一黑犬

为了了解茅舍，我买了山本健吉的《现代俳句》，并立即成为现代俳句魅力的俘虏。

《岁时记》我也备齐了新潮文库的四册版，并看了《马醉木》、《俳句》之类的杂志。我虽疏离了实作，却不意味着告别俳句。我的读书量反倒见长，并且涉猎芭蕉、芜村[2]、一茶等俳人的作品乃至与之有关的评论书籍。

在学生时代，我并非不曾读过芭蕉和芜村、一茶的俳句，也并非没读过芭蕉的《奥州小道》和《荒野纪行》[3]。

不过，当我被引导入门，有了手捧《季寄せ》在麦田和杂

1. 川端茅舍（1897—1941）：日本俳人。
2. 芜村：即与谢芜村（1716—1783），日本著名俳人、画家。
3. 均为芭蕉的散文代表作。

木林中漫步作句的经历，并又读了几本书之后，再回头重读那些俳句和文章，便发现了以前未见的东西。每当此时，我便体验到一种新鲜的惊讶，感叹过去的阅读未入其门。

满打满算，这样的经验也就是一年半的时间，但对于一个人，也就是对于我，作为在某件事情上的开眼来说，时间已绰绰有余。

我的阅读范围中，加进了俳谐的内容。这虽非我阅读的主流，却也留下了不曾中断的一股细流。

而且奇怪的是，尽管这段时间我与俳句的关系几乎仅靠读书维系，但作为实作方面的劣等生，我却丝毫没有放弃俳句创作的念头。

这段时间是指昭和三十一二年的光景，“马醉木”的衫山岳阳在池袋定期召开句会，我知道了，总是不接受教训，希望有机会就参加一试。

不过，我终究还是一次也没出席过那个句会。我的病虽然痊愈，但已不能重返中学教师岗位，也就无法回归故里，在东京做了商界报纸的记者，在惶惶于吃住等日常生活，终日奔波的日子里，俳句唯有离我远去了。

芭蕉尚有模糊之处，没有浮现其明晰的面容；芜村则显得明快，却又因过于明快而让人觉得少了人味；于是我便朝向了一茶。一茶是一位吟有两万首俳句的俳人，另一方面又被弟子攫取了半数财产，所以属于小说中的人物。

有了这种失于轻浮和不负责任的话题，我陷入不得不将一茶写进小说的境地，那是约莫四年前的事。话题的内容权且不论，小林一茶此时突然出现，恰恰证明了我尽管已与俳句疏远，内里却仍存活着与俳句无法割断的勾连。

一茶不一定就是我之所好。相较而言，我更被芜村那端庄的句风所吸引。可是有的时候，读了有关一茶生活中两三事件的文章而非其俳句作品，一茶便作为一个在某处令我关注的人物而留存我心中。那虽是极短的文章，内容却已蓦然击碎我此前的一茶观。

话虽那么说，却非意味着我因此而着手于一茶的研究。我的差事依然忙碌，并无这样的闲暇，只是在那以后，我一看到有关一茶的报道，便会关注地寻找与先前的文章有关的部分，并渐渐得见一茶的全貌。以我看来，在众多的俳人中，一茶几乎是堪称唯一的显示其鲜明形象的人物。

与文艺春秋社编辑杂谈时，我不觉间便大谈起一茶，那一定也是因为心底持续着对一茶的这种兴趣。

没有俳人能似一茶那样富有人情味。与之相比，芭蕉较有韬晦，芜村则即便不说是作态，其俳句还是有着与人世的距离。我故作内行地指出：这因为芜村本是画家。创作小说之类的决定，往往就是在这种无须负责的杂谈中做出的，而一旦动笔，便要苦于为当时的海地胡天揩屁股。

承诺了要写，我却并未着手于这部小说，一直磨磨蹭蹭，不时地找些遁词延后，应是效颦于大方之家了。

我逃遁于这部小说，是出于两个理由。其一：写一茶的书充斥于街巷，有评论、句集、传记，也有小说，若能增加一些全新的内容权当别论，而我要写的东西则达不到这个程度。如此想来，便郁闷于自己做了一个很难实现的承诺，而且麻烦的是：这么重要的问题基本是在我做出了承诺之后才意识到。

但是在这一点上，人是人，我是我，我一定要写出一个自己的一茶来。不过，另一个理由更重要一些。

我刚才已经提到，一茶是位写有两万首作品的俳人，却被弟子攫取了半数财产，而我的兴趣毋宁说更在后半部分，在于写出一个俗人一茶。

当然，我也不可能因此而完全无视作为俳人的一茶，问题在于这方面写到什么程度为止。例如，关于被称为“一茶调”的独特句风，形成的原因似乎是有其生活中内心的曲折在起作用，但先人作品的影响也不可无视地散见于他的作品。也就是说，这里充满了作为俳人的一茶与俳谐传统之间的纠缠和结合，但若把有关资料一一塞进这里，变成描写一茶调形成的过程，就实在不像写小说了。不管怎么说，我都好像揽下了一桩麻烦事。

正因如此，我便放开一茶，拼命地投入其他工作，于是某日编辑 N 氏来了，说是要在杂志刊载《一茶》。

小说《一茶》最初是作为纯新书而确定的，大概是因为我始终没有动手的样子，于是便改在杂志刊载了。杂志有严格的截稿期，而作家这类人，若是有了截稿期，内容权且不论，写总是会写的。我也决心写了。

前年的一月末，我独自从上野乘了信越线的火车，是想去看雪。我虽生于雪国，还是认为北信浓柏原的雪也许跟山形的雪不同，况且住在东京，已久未见到像样的雪，在写小说之前有必要去看看。

我从车窗贪婪地眺望被雪覆盖的信浓群山，一边想着“信浓”这个词为何具有诱人的韵响。这时，我完全是突然地为自己决定写一茶而庆幸。

是年五月我又去了柏原。这次是跟N一起。从长野市驱车沿北国街道往北而行，在旧称“牟礼之宿”之处前面的丘陵地有一片桃林，山坡上满缀着桃花。

我决定小说就从这里写起。不知昔日这里是否也有桃林，这一带对小说来说是极为便利之处，至少一茶去江户时与父亲在这里的山坡附近道别是事实。

去年一年间，小说在《别册文艺春秋》连载结束。本来是要求一次登完的，却因其他的工作而分成四回连载，虽然丢了面子，毕竟还是完成了任务。

在这篇随笔写完之际，我把已发表的小说又稍做修改，交给了文艺春秋社。成书尚有待时日，正式的书名也还没有确定。

小说《一茶》无疑与二十多年前的《海坂》相关，如果没有野火止句会和《海坂》，就难以想象会对俳人小林一茶持有兴趣，因为我在《海坂》之前不曾有过一本俳句杂志。

由《海坂》产生的分枝，到了如今情况如何，该由读者诸君判断，反正那树枝的边角处，像是结了一个奇妙的果实。

（《俳句》1978年3月号）

一茶和他的妻子们

一茶写给同乡医师兼俳人佐藤鱼渊的书信中有一句费解而令人不快的话："或被疑为曾涉吉田町廿四文之类。"

文化[1]十年，一茶完成了遗产分割，定居故乡，在走访故乡门人各家期间，因臀部的痈症而吃足苦头。四年后的文化十四年，他去了江户，又从江户转到下总，在这期间又患了皮癣。前面所引的那段话，就出于他将皮癣之事告知鱼渊的书信。

"吉田町廿四文"是指最下层的娼妇即"夜鹰"，江户的本所吉田町是她们的主要活动场所。信中的意思是针对怀疑其从前去过这个吉田町因而染上了坏病的想法，做出自己并未去过那种地方的辩解。

1. 文化：日本年号，公元 1804 年为其元年。

虽说一茶在江户有过穷日子，但去下总、上总[1]这些俳句门人所在地转了一圈，回来后的那段日子中，手里攒下一笔足够过日子的钱，还可以看戏什么的，也就是说不至于穷到无力一夜买春的地步，所以姑且不论是否去过吉田町，偶尔还是会去风月场所玩玩的。

而且，对于五十二岁的独身男人来说，这也是理所当然的，即便不去张扬，应该也无须隐饰，可是一茶不知为何却对自己在江户时的此类性关系刻意掩饰，前面所说的信件就是一例，其辩解的强调反倒不难招致相反的臆测，觉得他其实是在吉田町招过“夜鹰”的。

不过，这种说法对一茶来说有点苛刻，实际上，欲做掩饰这事本身应该被理解为：一茶的江户生活尤其是性生活，并非可以大声对人言说的事情。

对于这时的一茶来说，五十二岁才第一次得到的婚姻生活，一定是被他视作弥足珍贵的凡人世界。新妇菊这时二十八

1. 上总、下总均为日本地区名。

岁，也是初婚。看了一茶的《七番日记》，可以知道菊是个勤劳的女性，但另一方面又动辄回赤川的娘家，而且有时也发生夫妻间的争吵，还会把零用钱花在抽奖之类的事上，让人觉得她属于那种有点任性、好强的女性。

但是一茶的日记中常有“妻如何如何”“菊如何如何”之类关于妻子动静的一一记述，并有两人一起赏月、采拾栗子之类的记录，可见他对这位年轻的妻子分外怜爱；菊回娘家时他也常常同行，住一宿后自己先返，似也一副模范丈夫模样。

那广为人知的奇妙记载“菊女归，夜五交合”“夫妇赏月，三交”“扫墓，夜三交”也出现在日记中。一茶以前也曾有过“夜雪，交合”之类的记载，但把被认为是性交次数的数字都记录下来，这还是首次。当时是婚后第三年的八月，在这些记录的一周前，一茶跟妻子大吵过一场。

说是吵架，雷霆大作的其实总是菊女一方。她在傍晚突然不见踪影，令一茶十分焦急。她把春天栽种的木瓜拔出以后回到了娘家。“菊女归，夜五交合”就是这事刚发生后的日记，当时是八月八日，进入中旬后，还连续有“三交”“夜，三交”等记载。

但是，如果列举这些八月的记载以及连日出现在翌十四年末的日记中的“旦一交”之类文字，把一茶说成性欲异常或精力绝伦，那又会怎样呢？

当时的五十岁也许确实相当于现在六十岁以上或接近七十岁的年龄，但一茶因旅行的锻炼而具有强健的体魄，而且从性生活方面来说，他又长年累月不曾得到满足，所以与那些充分满足以至渐入疲境的同龄有家口者相比，应该是会有所不同的。也就是说，与一般的五十来岁者相比，一茶的性生活无论在体力还是精神方面都要年轻得多，也就并非不可思议了。

由于精神和性生活方面都长年经受了孤独和不得满足，一茶的性生活与人生的至福感直接发生了联系。

“菊女归，夜五交合”即便有点过度，作为夫妇和好之后情绪激奋的反映，也是极为自然的。有了这样的解释，日记中出现的交合记录，似也让我们看到了一茶一吐为快的至福感，不会造成丝毫的违和。

可是，一茶幸福的婚姻生活持续时间并不那么长，跟菊婚后的第十个年头，也就是文政[1]六年，在这十年间曾经获得的四个孩子连同妻子菊，悉数因为生病而离去，一茶重又回到孤独的境涯，幸福的家庭如幻影般消逝，只留下六十一岁的一茶。

进入老境的一茶大概是身边需要有人照料，在亡妻逝世一年之际，又与饭山藩士的女儿雪再婚。可是这次的婚配并不合适，只能让人觉得从一开始就存在某种误解。这种误解的根源似乎在于俳谐师的身份和称呼，而一茶的本质是个农民，与俳谐师这个名称平时具有的风流倜傥形象相去甚远，他甚至对符合这种类型的风流最为厌恶，所以新生活的不顺可谓理所当然。

只过了两个月，雪就回了娘家，这不幸的婚姻生活结束。也许他俩从未有过所谓爱情的交流，双方都是过着惴惴不安的日子。第二个妻子雪离去的翌日，一茶再次中风，孤独感越发加重，可是如此晚年中的一茶却又幸运地得到了堪称奇迹的第三个妻子八百，那是两年后，一茶六十四岁的时候。

---

1. 文政：日本年号，公元 1818 年为其元年。

之所以说奇迹，是因为在翌年柏原的大火中，八百庇护半身不遂的一茶安全逃脱，而那年年底一茶死的时候，她已经怀上了一茶的孩子。这位三十二岁的越后女，好似带着一个孩子，毫无嫌弃地照料着老丑的一茶。

由此传达的是一种温暖的幸福感，有别于与最初的妻子菊之间那种迸发着火花般热烈但一俟失去紧张感就立刻消逝的幸福感，与八百的邂逅可谓晚年一茶的幸运。

（《信浓每日新闻》1983年11月17日号）

关于《海坂》、长冢节种种

因我在某报俳句栏目所载文章，我有缘得到静冈的俳句杂志《海坂》寄赠最新号刊物。

写到这里，也许读过我的小说的人听过“海坂”这个名字。确实如此，海坂是我小说中常用的一个虚构的藩名，真实的“海坂”是静冈的“马醉木”流派的俳句杂志。再揭一下老底，大约三十年前，我在给这家杂志投俳句稿件，而在写小说时，我会擅自借用“海坂”这个名字。

我记忆中的海坂应该是这样的：站在海边眺望无际的大海，水平线划出缓缓的弧状，据说那似有似无的坡状弧就叫“海坂”，一个美丽的字眼。

我给俳志《海坂》投稿的时间仅为1953年、1954年这两年左右，但拥有同为马醉木同人的百合山羽公和相生垣瓜人两先生的《海坂》，是我过去仅有的一度认真写作俳句的场所，这个俳志连同其结社的亲密氛围，都让我难忘。我借用“海坂”，深层原因不仅是借用这个词汇的美丽，也因着这种内心的怀念。

搁下此话不说，前述报载小文提及我与俳志《海坂》的联系，受到《海坂》有关人员的注意，便给我寄来了最近一期刊物。夸张点说，这是阔别三十年后我与自己怀念的俳志的重逢。

我立刻写了感谢信，写信时历历想起最初见到《海坂》时的情景。

我所参加的俳句会“野火止句会”的指导老师是S先生。说是俳句会，其实具有句作经验的只有S先生一人，包括我自己的其他人都是平生初次写俳句，而且成员人数多得惊人。

我们听说俳句必须有季语，赶紧奔去买了虚子编的《季寄せ》，以此也可窥见这个野火止句会的实际情况了。

对于我们这些人，S先生从俳句的基础知识教起，毫不厌倦。他的指导真的可谓手把手，见到什么就让我们咏诵什么，常常带着我们去杂木林和麦田，我们才知道这叫“吟行”。我们开心地漫步于早春嫩芽初绽的杂木林，像煞俳人似的起着俳号，作着俳句。

句会产生的俳句终于可以见人的时候，S先生拿出一本俳句杂志让我们看，说经过句会选拔的俳句可以向这家俳志投稿。这本纸质低劣、薄薄的俳志就是《海坂》。S先生自己的句历很长，从跟我们一起办俳句会之前就给这《海坂》投稿了。

野火止句会成立于昭和1953年2月，S先生给我们看《海坂》大概是在那一两个月之后。那份《海坂》是当年的2月号。说起1953年，还是个物资匮乏的年代，这本纸质低劣的薄书就是那个时代的反映。

可是，就在这本粗劣的薄书中登载了让我这样的俳句初学者叹为观止的俳句，下列作品就特别吸引了我：

猎枪一声响

显露散在小村庄

沉寂返山乡

（冈本昌三）

高耸发射塔

灿灿金光如火发

白霜始融化

（泷仙杖）

清晨伐木场

株株原木披白霜

锯响屑飞扬

（益永小岚）

大概是见到这些俳句时，所谓的现代俳句才开始进入我的内心。

在那以前，说到俳句，我充其量也就是一知半解地读了一些芭蕉和芜村的作品，那也就是读过而已，无论是芭蕉还是芜村，都不曾进入过我的内心。我愚蠢地把俳句看作一种衰老陈旧的代表，而一茶的俳句之类根本不值一读。这种愚蠢大部来自无知，虽不能说无知一概不好，但无知常常是可怕的。

前面列举的三位的俳句，让当时的我开眼，成为引导我从现代俳句走上再读一茶的关键。

我并无资格评价这些作品作为俳句的价值，反正我能感受到一发猎枪声响消失之后，给那些散在的部落里留下的静寂，甚至见到投射在那些村庄上的微红阳光。泷先生的俳句则仿佛抓住了这样一段时间：披霜的铁塔迎受着朝日的照耀，预示着一天都将被这堪比节庆的光芒包裹。益永先生的俳句让我看到了这样一副光景：在铺满大地的晨光中，白霜裹着木屑向空中迸射。

这是入口。之后我一面向《海坂》投稿，一面不断阅读现代俳句作品。如果说我喜欢的作家有秋樱子[1]、素十[2]、誓子[3]、悌二郎[4]，尤其被筱田悌二郎的作品吸引，则可看出我爱好的偏向。

一言以蔽之，我偏好于歌咏自然的俳句，因此，“皓月悄然出 印南田野翠秋趣 良苗若富余”之句让我记得了永田耕衣[5]，“田野现黄枯 院墙柴扉挡不住 蔓延至家屋”使俳人久保田万太郎[6]成为我难忘的作家。比起人事，大自然更能打动我的心扉。在之后重读芭蕉和一茶时，这种偏好也未能例外。

当然，我并非不知歌咏人事和境涯也有佳作，村上鬼城[7]

---

1. 秋樱子：即水原秋樱子（1892—1981），日本俳人、医师。
2. 素十：即高野素十（1893—1978），日本俳人、医师。
3. 誓子：即山口誓子（1901—1994），日本俳人。
4. 悌二郎：即筱田悌二郎（1899—1986），日本俳人。
5. 永田耕衣（1900—1997）：日本俳人。
6. 久保田万太郎（1899—1963）：日本俳人。
7. 村上鬼城（1865—1938）：日本俳人。

是我喜爱的俳人，中村草田男[1]和富田木步[2]也不会令我讨厌，但一旦把筱田悌二郎的“夜阑静悄悄 落叶时把屋脊敲 月光分外皎”拿到面前，那几位至少会在我的心中渐渐失去光彩。悌二郎的俳句不仅美，且能因捕捉美而迫近自然的真相。

只要对我所熟记的俳句的数字做个比较，就可非常清楚地表明我在俳句方面的偏好。我能脱口而出的俳句，大半属于歌咏自然的作品，而对其他俳句，虽然看到就能立刻想起，却又随即就会忘掉。

我对俳句有这样的偏好，对于短歌世界的隔膜也许就很自然了，这大概也是一种偏见而已。我觉得短歌的真谛似乎在于把胸中之物毫无掩饰地吐露，至少能打动我心却又觉得不适于俳句也无法在小说中描述的短歌，其内容好像概莫能外，而那些一般的叙景歌则无以令我感动。

与之相比，即便同样是讴歌爱或为贫苦而咏叹、恸哭，俳句的表现让人觉得比短歌更有着某种克制力。即使不能一概而论地说短歌主情、俳句主智，我还是深感：至少短歌因着较多

---

1. 中村草田男（1901—1983）：日本俳人。
2. 富田木步（1897—1923）：日本俳人。

地咏叹人的真实心情而产生一种震撼人心的魅力。

说到这里，我不由得想起了诸如以前在朝日歌坛见到的满田道子的作品“娇好小姑娘 慈母朝夕亲梳妆 秀发溢暗香 感恩先人思绵绵 不堪桀途心神伤”，或如最近的作品“信念坚如钢 灿烂明天似曙光 奋勇登屋上 誓死屹立到最后 直至红旗漫天扬”（道浦母都子[1]《无援的抒情》）等。

不过，由于刚才所说我对诗歌爱好的偏向，这些作品带给我的感动也不曾长久地留驻我的记忆，常常是终于渐渐忘却。

从前在读旧式师范时，我曾选修《万叶集》攒学分，授课的是秋保光吉教授。这位秋保教授某日用去整堂课的时间给我们朗读一本新出版的和歌集——吉野秀雄[2]的《寒蝉集》。我很兴奋，特别把其中堪称绝唱的数首反复诵读，暗记在心，可是这些优秀之作也在不觉间从记忆中脱落，如今只能记起只鳞片爪的一点点。

斋藤茂吉是一位植根于乡土的伟大歌人，可我现在能记

---

1. 道浦母都子（1947— ）：日本和歌女作家，曾积极投身 1981 年的学生运动并以之为题材创作和歌集《无援的抒情》。
2. 吉野秀雄（1902—1967）：日本歌人、书法家。

得的茂吉的作品也仅剩几首，例如他晚年的“晦暗阴云多 暮色凝重夜将何 或降暴风雪 亘古最上川水急 狂风逆吹掀白波”等。

这确实有我对诗歌的爱好偏向所致，但或许也是因为野火止句会和《海坂》让我认识了俳句的世界，而在短歌方面我却没有得到这样的机缘，因此对于短歌依然处于一种无知的状态。不管是什么原因，反正我不曾作过一首短歌，至今与短歌保持一种极为淡漠的关系。

即使这样，却也有唯一的例外，有一位歌人让我一想起便能有十几首作品脱口而出，他就是长冢节[1]。

我得到平轮光三所著《长冢节·生活与作品》应该是在太平洋战争末期的1944年或1945年左右。我清楚地记得在老家鹤冈的旧书店得到这本书时的情况，但由于这书是在1943年1月出版的，所以虽说是旧书，我仍能想起当时这书留存着某种新书特有的味道。新书定价三元半，我买时的二手定价是两元一角六，几乎是半价。这从我用铅笔在封底衬

---

1. 长冢节：参看本书《江户崎之行》注解。

页所记可以得知。

所谓名著，难道不就是指这样的书吗？数年前，我应《月刊经济学家》的《我所推荐的书》栏目写稿，开头的一句话就是："无论书还是画册，都有一些是看后暂时放在脑后，但过了若干年，又从书架深处找了出来，想再翻翻。"《长冢节·生活与作品》就是这样的书，之后的近四十年期间，我的生活反复发生过剧变，但这本书仍在手边。

此书为何能如此吸引我？我是 1944 年买到此书，当时十六岁，也许已经因名著《土》的作者而知道长冢节的名字，可是即使是因此而买下它，似也不至成为吸引我的理由。我觉得吸引我的是书中列举的节的短歌作品。

这本书中所述节短暂的生涯以及他与黑田照子的悲恋，我在节的短篇小说以及长篇小说《土》中都读到过，但其中有我不能理解之处，我能读懂的是节的短歌，从《初秋的歌》开始，经过《忆乘鞍岳》的昂扬，直至《如针》的境地。

对当时十六岁的我来说，人生只显示出一种混沌的身影，而人则更是一种模糊的存在，但自然却是清晰可见的。孩时对于人世间所持知识仅为偶尔窥见的一斑而已，而对于自然，倒会比大人更能正确相处。节的一些短歌，例如“溶溶月夜深稗花率先落纷纷 轻场若纤尘 万籁俱寂野茫茫 寥寥新秋悄然临”“秋来悄无声 宛若微小螽斯虫 细须随风动 双睑合闭天地开 冥想乾坤见清澄”，我都不难理解，而且觉得亲切，是因为从中看到了自己甚为熟悉的自然被作者以一种准确到位的感觉展现了出来。

节是茨城人，我是山形农村人，但不知怎的，节的短歌中总让我觉得投落着我所见过的明治、大正的时代之影，至今仍具有一种力量，唤醒我内心中少年时代的种种风情，例如田园风景、田间小路和垄埂，还有那青鳉成群的小河以及大街上的运货马车等等。

我老家有一位名叫上野甚作[1]的优秀歌人。他已经故去，生前二十五岁左右成为前田夕暮[2]主持的“白日社”社友，后又师事“自然诗社”的尾山笃二郎[3]。他生于1874年，所以比节小七岁。从以下短歌可以窥得上野甚作作品世界之一端。

---

1. 上野甚作（1886—1945）：日本农民歌人。
2. 前田夕暮（1883—1951）：本名前田洋造，日本歌人。
3. 尾山笃二郎（1889—1963）：日本国文学者、歌人。

白日晖熠熠

昂首向东望天际

深深吸口气

骏马刹那轻抬蹄

步履矫健疾走起

口中不离歌

张嘴即出是山歌

亦有流行歌

腾身跃起跨裸马

回家午餐一路歌

身在山峦中

内心杂念全抛空

一片纯真情

随兴高唱山乡曲

声调婉转音色清

山野尽头边

皑皑白雪全盖严

巍峨鸟海山

各人皆怀忧愁事

他人事也与己无关

工藤恒治所著《农民歌人·上野甚作》称：这位甚作年轻时曾走访节所居住的茨城县冈田郡国生村，当时长冢节好像也还没怎么出名。旅行回来后，甚作说了一句：“到底还是亲眼见到才懂呀。”

节的《初秋之歌》完成于1907年9月，刊载于翌年1月的《马醉木》最终号。上野甚作是在1911年成为前田夕暮的“白日社”社友。去走访茨城节所住村子时，甚作想必已经读过《初秋之歌》，而且可能在想：对贴近身边的自然的感触能如此歌之咏之，这位长冢节到底是个什么样的人呢？设若如此，这就类似我初读节的短歌时的感想了。

可是，甚作好像没有专门去见节，大概是没感到有见的必要，只是去看了产生节的短歌的风土，并且理解了节。

工藤氏的著作中还记述了节与甚作之间发生的联系，那是在鹤冈举行的欢迎桥田东声[1]的讲演会上，上野甚作也出席了。桥田是《土之人·长冢节》一书的作者，并曾高度评价节的连作《忆乘鞍岳》十四首。这位东声在讲演会上即席称赞节的短歌，并顺带了一句："上野今后也会成为节那样的。"这本是一句夸奖的话，谁知工藤氏在书中写道："甚作听了霍地站起说：'节是节，我是我！'弄得满座尴尬。"

上野甚作应该是认可节的，但似乎具有这样一种气概，认为在讴歌农村方面，自己应有自己的作品。甚作在历任村里的要职后当了村长，后来被恳请作为满蒙开拓团团长去了满洲，败战时死得壮烈，等同于战死。

甚作曾说："我讨厌加藤完治[2]先生所谓的开拓精神。农民不是因为'为了国家'、'大东亚建设先驱者'之类的大话而行动，他们只是为了开心而去满洲的。"（后藤嘉一《上野甚作之死》）

甚作绝不希望将尸骨埋在满洲。他好像说过：如果不是

---

1. 桥田东声（1886—1930）：日本歌人、经济学家。
2. 加藤完治（1884—1967）：曾在二战期间积极推进日本移民侵略政策，组织满蒙开拓团。战后未受审判，依然活跃在日本的政治舞台。

带着在面朝日本海的土地上耕作的心情，开垦之类是不会成功的。

具有这样的见识，甚作又为何会去满洲？我以为他或许想在短歌中咏诵遍染满洲原野的红日。后藤嘉一也曾说过这样的话，不过他的话也许有别的意思了。

总之，上野甚作是个地道的农民，一位无可置疑的农民歌人。也许正因如此，工藤写道：有时谈到长冢节，甚作会说："长冢节以我看来还差着呢。"言外之意无非是：驾驭裸马，挥舞镢头，额头冒汗，如果是歌咏这些，还是我更行。不过，节也并非那种抄着手在村里转悠的富农少爷。

这方面的证据不是体现在节的短歌中，而是可以在其小说《土》中发现。他这样描写《土》中的人物勘次开垦杂木林的场面："镢头的宽刃砍进树根时，似乎觉得他的身体也猛地劈穿了那树根。擅长掘土是他的天性。"关于勘次开垦竹林的场面，他是这样描写的："一坪见方被竹根板结的土地，他能只用四镢头就全部掘起。"这是对身体瘦小、贫穷且有偷盗习惯的主人公的赞辞。勘次在农活方面的熟练受到认可，这无疑是对农民最高的赞辞，但若非自己握过镢头，是不会写出这种赞辞的。必须承认节是一位真正的农民歌人、农民作家。

可是，这种农民体验却未写进他的短歌。《土》不是仅凭见闻而写出的小说，也许节在小说中完整地投射了作为农民的自己。在短歌中，节却没有采取这种方法，而似乎是专注于自然，希望寻求其存在的意义。

《如针》的开头有两首名篇：

俊俏白瓷瓶
细润如玉晶莹莹
雾霭朦胧胧
拂晓井边去汲水
水凉愈显瓶清冷

轻轻牵缰绳
强健骏马色枣红
系牢不开松
麻栎林深染秋色
马儿渐融红叶中

到了这两首，就能看出节已经试图以象征的世界去还原自然的本色。

关于节与自然的关系，还有一件不可忽视的事情。1914年6月，他第三次去九州旅行。这次是为了去福冈的九州帝大附属医院接受久保博士给他做喉头结核手术，而此行的前一年和前两年他都去过九州。

前两次的九州之行，他从九州走到了各地，以至不知他是为了治疗还是为了旅行。节在最后这次九州之旅中也还是去了日向，看来仍是被自然的魅力吸引。可是他的病情已经发展到不允许再做旅行，以至从宫崎去青岛时，他被旅社的人看出患着肺病而被迫另找住处。如此憔悴的节此后还是两次去过青岛，平轮光三所著《长冢节・生活与作品》中淡淡地描绘了他像幽灵似的徘徊在日向大地的身影。

我虽然不知节的这次旅行是为了寻求创作短歌的材料，或仅仅是如他给斋藤茂吉的信中所说“内心无以安定，只好游走”，但我总认为，作为大旅行家的节因此次的日向之行，他自己所说的“烟霞之癖”已经让他的样子变得不忍目睹。执着于自然的节，他的命运难道真的就是被自然夺去了生命吗？

节的自然最后以如此狰狞的面目出现，可是节的作品中所表现的自然却又无可比拟地令人眷恋。歌人当中，我只记得节一人以及他的作品，也许就是因为在他的作品中看到了一幅幻影般的图景，其中有家乡尚未像今天这样逐渐破灭的自然环境，有机械尚未出现时村庄里随处可见的那种堪称人神和谐的情景。

无论是歌人上野甚作远行走访茨城的节所住村子，还是我始终保存着平轮光三的著作，都有一个根本缘由——我们都受过乡野的养育。也许正是由于自己生于乡野，所以对节的作品所散发的光芒能有些许理解。今天虽已越过人生巅峰而步入晚年，但对我来说，人，包括我自己，还是混沌而不可解的，稍可理解的只有自然。

（《别册文艺春秋》1982 年 4 月 1 日号，总第 159 期）

留存心中的秀句

所谓古今秀句，似乎还是指那些始终留存脑中，遇到机会就会脱口而出的俳句。大概是因为最初与这些俳句相遇时所受冲击，它们就留存记忆了。

若以这个意义而论，我常常想起的饭田蛇笏[1]的俳句中，还是当推以下两首脍炙人口的作品：

片片芋叶青
朝露映照峦峰影
山脉姿端正

黑铁小风铃

1. 饭田蛇笏（1885—1962）：日本俳人。

伴随爽秋响不停

声声显凄冷

我家西侧的空地现在栽着小梅树，以前则是一大片草地。不过，尽管是东京的片隅之地，毕竟属于都内，空地总有一天会建起房子。

现在从空地侧二楼的窗户，近景可见巴士路，远景可以看到巴士路直通的丹泽和秩父群山，还有从群山后面冒出头来的冬日富士以及山间的落日，可是到了那个时候，这一切应该都看不到了，我们现在所享受的空地带来的恩惠是岌岌可危的。

在空地的另一侧，有一座比我家大得多的二层楼，虽不是有意窥视别人家，却也可见那二层楼的三边都有玻璃窗，冬天家中定也明亮温暖的。

我搬来这里时，常常隔着草地听见那家风铃传来的声音。夏去秋来，那风铃仍挂了一段时间，风起之夜，铃声颇有几分肃杀的音色。这种时候，我常会想到蛇笏，想到秋天中那黑铁的风铃。

这一两年，即使到了夏天，风铃也不响了。转念一想，自己搬来大约有十年了。无论什么理由，对于一个风铃从响到不响，十年已是一个足够的岁月。

我去山梨做过采访旅行，采访的地方是从韭崎开始的北方一带，最终目的地是须玉町的津金附近。我和文艺春秋社的I君一起，一大早从站台上空无一人的新宿站出发，结果当晚还是赶不回去，在甲府住了一夜。

第一天从韭崎绕到武川村，看了实相寺的神代樱、万休院的舞鹤松，第二天去上津金，一直到最远处看了海岸寺，实现了一次颇有风情的旅行，甲府市内自然也都参观了。

在这次小小的旅途中，大概是在往复于韭崎与津金之间时看到的与西方天涯相接的山脉令我难忘。那山是凤凰三山或是与它后方的甲斐驹、仙丈岳相接的山脉的一角，抑或根本是其他什么山，我记得当时是用地图查过的，但现在已记不清了。

只是我在见到那山脉时联想到蛇笏的俳句“片片芋叶青 朝露映照峦峰影 山脉姿端正”，并且带着一丝疑问。

疑问在于：我出生于山形地区，那里没有险峻的山脉，因此从这首俳句中获得的印象，应该是横跨在平原芋田背后不太高的紫色山脉，可是作为甲斐[1]俳人，蛇笏在这首俳句中关注

1. 甲斐：日本古国名，范围大致相当于现在的山梨县。境内山多平地少，四周被大山环绕。

的，也许是更加高大而充满威严的大山。

当然，越是优秀的俳句，就越应具备允许多样想象翱翔的普遍性，而不特别拘泥于某种具象事物。尽管如此，当时的疑问至今仍隐留心间，这也许是缘于这次小小旅行中甲斐给我留下的强烈的山国印象。

（《山梨日日新闻》1985 年 4 月 13 日号）

稀有的俳句世界

我被要求就最近不幸去世的相生垣瓜人先生写点什么。这大概是缘于数年前我在本刊写了关于小说《一茶》的文章，顺便提到自己与俳志《海坂》的交往，因此而被编辑部记得。其实我只是提到自己从前有过很短的一段时间读过《海坂》，并给该刊的选句栏目投过俳句稿，与瓜人先生却缘悭一面。

以如此浅薄的缘分，怀念故去的先生并写点什么，我觉得自己并非合适人选。

但另一方面也不能不考虑到这样的事实：我的俳句虽拿不出手，也早早对自己的才能失去信心，但通过与《海坂》前后三四年的交往，我从《海坂》主持人百合山羽公、相生垣瓜人两先生所受教益，令我至今仍须以师长待之。

而且，对于两先生的敬爱之念，并非仅因拜读过他们的作品，多半也还在于通过《海坂》而窥得的两先生之人格使然，如此一想，便觉得自己也并非完全没有资格写点怀念之类的文章。况且，由交往不深的我来写先生，说不定反倒会让九泉之下的先生觉得有趣呢。这些理由让我想把自己所思记录下来，作为对故去先生的追念。

住在东京的我初次给静冈的俳句杂志《海坂》投稿是在1953年春天，那时的《海坂》是一份三四十页薄薄的俳句杂志，但卷头有瓜人先生的一句话评释——《苇末语》（后改为《白似语》），接着展开的两页是羽公、瓜人两先生的各五首俳句，选句栏分为羽公先生所选《海坂集》和瓜人先生所选《帆抄》两部分，内容还是相当丰富的。

尽管放弃了俳句创作的念头，之后我还是继续认真地读《海坂》和《马醉木》，并把瓜人先生的下列几首作品铭刻在当时的记忆中而始终未忘。

此地至彼地
开始显露冬信息
越来越密集

硕大芦苇莺

青塘密处啾啾鸣
侧耳来倾听

浓厚胜油脂
夕阳冉冉西下迟
余晖人来时

贼风钻缝隙
几条几缕已熟知
又到严寒时

天地萧杀景
只有凝神细倾听
方能闻秋声

淫淫梅雨天
犹似火花四飞溅
绽放却钝缓

瓜人先生这个时期还有诸如这样的佳句：“远海波浪狂 秋刀鱼肥烧烤忙 炭火亦猛狂”“快来看太阳 快来一起看月亮 拍毽歌朗朗”，所以如果我只列举前面那几首，或许难免会被讥为过分偏好的选择，但相较之下，我前面所列举的那几首，确实显示了非瓜人先生而无以咏诵的稀有的俳句世界。

何谓稀有的俳句世界？以我自知不失武断的简单说法，就是指感性敏锐的诗人瓜人先生与自然间交欢的世界。

此地至彼地
开始显露冬信息
越来越密集

我好像看到：写这首俳句时，先生的眼睛凝视着成群结队地盘踞在洼地枯草上和滞留在树叶落尽的裸木上的冬，他与被他所看的冬都一言不发，却又让人感觉到一种没有外人介入，仅在先生与自然之间交换的对话。

不过，我们不可误解先生这种以俳句创作与自然相会的姿态，将其混同于自然的拟人化之类。先生并非强把自然拉近，对其诠释或造型，而仅仅是心无旁骛地睁眼侧耳，努力认识自然的原有真相。

结果，先生的诗人触觉往往就逼近了自然的本质，乃至有时甚至把握到了自然的气息。我们凭着先生这种与自然的稀有的交往，从“浓厚胜油脂”体会了夕阳的本质，从“犹似火花四飞溅”体会了梅雨的本质，并为此而倾倒，但先生的俳句中所有的并非那种令人窒息的求道氛围，而是一种享受自己与自然交往的悠然心境。这就是我武断地将此称为“交欢”的缘故。

瓜人先生开始写有“富士山后麓 运煤货车忙进出 歪斜越隘途”“大津风俗绘 寂静清凉神情美 佛像侧卧睡”等作品，他从这些风骨寻常的佳句出发，终于达到超脱技巧而能恰到好处地抓住对象本质的句境，就像我在《海坂》中看到的那样。

如此说来，或许瓜人先生正是在我与《海坂》交往的那个时代迎来了一个到达期吧。设若如此，那就是我遇到了自己不曾预料的幸运，而且若把这种幸运当作我持续至今对俳句关心的出发点，那么我与先生的缘分虽浅，却也是不可忽视的吧。再见，瓜人先生。

（《俳句》1985 年 4 月号）

青春与成熟——鉴赏·森澄雄的风景

我被俳句吸引大概是在三十年前，那时虽说是在俳句杂志等处看到森澄雄的作品并留在了记忆中，但之后就处于了长期的空白，如今在这里写点关于森澄雄的什么，并非觉得是自己的责任，而是因为最近偶然有机会集中读了森的作品，于是有了自己的感慨。

夜读文豪书

感人泪流契诃夫

河面光模糊　（《雪栎》）

从年谱看，这首收在他第一部句集《雪栎》中的初期作品，可能写于森学生时代所在的长崎或福冈，可是它让我想起的却是更北方的我的家乡山形县的鹤冈。

鹤冈是个人口不到十万的城下町，一条河流从南向西北贯穿市内。11 月来临，覆盖全町上空的云层和穿过町中的河流都突然变得昏暗，尤其是黄昏的阵雨之后，全町很快便被黑暗包围，只有西方天边留下的赤黑云块投下的微光滞留在河流上方，一派荒凉光景。

森的俳句在我的心中唤起的就是这种初冬家乡的图景，奇怪的是，这首句中会有年轻时候的我在。我在河畔灯火已亮的吃茶店里，抬起因久读契诃夫作品而疲累的眼睛，将视线投向冷森森地昏暗下去的河面。

其实这种场面不一定发生在山形县的鹤冈，也可以是在诸如北欧的汉堡或者苏联拉脱维亚共和国的里加甚至冬天巴黎的塞纳河畔，只是这里一定会有一位青年从正在阅读的契诃夫作品中抬起潮热的面孔，凝视雨后幽暗的河面。之所以令我这么想，是因为这首俳句有着一种非同寻常的普适意义的深度，让人窥见一种很可能永存的青春性。

歌颂青春的俳句不少，但我不知有哪首作品能像森的这首这样让青春的感性固化在自己的怀念中。

夜来风雨起

石蒜红花皆疏稀

消匿深山里　（《浮鸥》）

以前留在我记忆中的森的俳句是诸如“青桐铮铮亮 西沉落日欲遮藏 滴溢薄暮光”“月夜洒清辉 木琴乐会声清脆 曲终音荡回”之类的作品，那是因为我印象中森澄雄的俳句某处有着一种西欧式的感触，那是一种硬质的抒情。例如，那时森的风景句中有着一种能在超现实主义画家的画中见到的具有光泽的色彩，一种拒绝荫翳的光明。

比起这种鲜明的印象，从被定评为森的第二句集的《花眼》开始，我转而有机会从比较平面的角度把握其作品风景。森在其著名的俳句例如“云霭罩雪岭 一度滞留待放晴 方显神秘容”，或者“新年烤年糕 父亲母亲暗中瞧 彼处即阴曹”中，进入了风景的层叠结构或者心象所把握的事物的内在风景。

这里所举的“石蒜红花”一首能明显看出其对多重存在的风景的把握之成功。我们被带进森的作品中，渐渐地看到在夜雨中昏暗的彼处带着水珠开放的石蒜红花。

皂荚硬邦邦

风吹摇曳叭叭响

游鲤向上望　　（《鲤素》）

如果要对这首俳句进行评论，很到位的一种说法大概就是称其为向森澄雄的日本式抒情的回归。从闪烁着西欧式感性光芒的第一部句集《雪栎》的世界来看，这首俳句所具有的日本式抒情性绝非寻常，其体现的变化足以令人瞠目结舌。

也就是说，从充满青春感性的“夜读文豪书 感人泪流契诃夫 河面光模糊”出发，经过漫长岁月后创作的这首俳句，或许在森的手中已成为与那首“契诃夫……”处于两极的作品，其中体现的抒情方面的变化乃至与青春的果断诀别，都让我觉得无疑应是森的俳句的成熟。

在第四句集《鲤素》中，虽然还有其他许多不可忽视的佳句，但我还是想把“皂荚”一句推为日本式抒情极致的第一秀句。出于同样的趣旨，其后的句集《空橹》中的“鲤鱼年岁老 黑鳞剥落失俊俏 山樱当寂寥”也是自画像式出语惊人的佳句，但因在形式方面有过于重复自己之处，所以还是稍逊“皂荚”一步。

茫茫人世间
下转来世赴彼岸
鸟入高云端　（《空橹》）

在第一句集《雪栎》中，除了风景句外，还有一批包括非常有名的爱妻俳句在内的私小说式的生活俳句。比起“除夕灯灼灼 娇妻入浴姿婀娜 宛如白天鹅”，我更喜欢“女体怀身孕 隆腹高高平卧寝 降雪积厚深”中那种坦然无羞的母性。但不管怎么说，把《雪栎》中的这些作品当作人类赞歌来读，大概都不会大错。句集中虽也有描写贫穷的，但这种贫穷无可厚非，倒是一种对人的无条件信赖在这里得到了歌颂，这种无条件的信赖事实上也是一种青葱岁月的特权。

可是写句集《空橹》时的森澄雄已经六十四岁，森以“郊游人济济 今世来世无差异 白衣为巡礼”及“曲肱枕首下 瞬间顿悟圆生涯 今世即樱花”来咏颂这六十四岁时的生态。在森的俳句世界中，像是开始把人或人的生死都看作一种与自然相连的风景。

人，已经不是应为其奉上无条件的热情颂歌的对象，而是一种谛观的对象，那首“茫茫人世间……”就似乎渗透了这种谛观，从中应该可以看到一种成熟的人生观照，就似业已成熟的森澄雄的风景。

（《俳句研究》1986年1月号）

小说《白瓶》的周围

1980年的8月，我回老家山形县鹤冈市，途中穿过鹤冈去了县内的上之山町。我从9月开始要在《每日新闻》上连载小说，这次是去取材。

这里的天空常常从早晨起就阴沉沉，当我在山上现已成为公园的旧城遗址取材时，真的下起雨来。我当时拿着笔记本和笔在草丛中走，袜子和鞋都湿透了。讽刺的是，当我做完了一番地形取材回到公园中央的亭榭时，雨却停了。

山上的公园本是观景的好去处，却因雨天而只有我一人。我点了一支烟，重新打量起周围的景色。雨云不停地移动，疑似藏王连峰的山顶从云间露出，视线下方的盆地还飘动着雨后留下的雾气，难辨是雾还是云锁住了地平线一带，仅余一片白浊。我把视线移回公园，发现有一个歌碑，进前一看，是斋藤茂吉的歌碑。

啊，这里有茂吉的歌碑？我从孩时就知道斋藤茂吉的名字，在上山形师范时，还见过茂吉的弟子结城哀草果穿着束腿裤来师范的短歌会指导。在我的意识中，茂吉并非特别的人，而只以邻村大叔般的日常感触而存在。

多半是由于这种过度的亲近感，我这时只是草草地看了一眼歌碑，做梦也没想到自己后来会写一部茂吉也在其中的小说《白瓶》，茂吉与小说主人公长冢节之间的关系之类，当时也全未在我心中浮现。

可是现在看到我手边题为《长冢节笔记》的大学笔记本，封面上写着 1981 年 12 月。从我在上之山看到茂吉的歌碑到翌年 12 月这一年零四个月的时间里，我与文艺春秋社之间有了写一部关于长冢节的小说的约定，这个笔记本好像就是因此而有的。

1980 年夏天尚全无念头的事情，翌年年底却就很快达成写小说的约定，不免让人觉得有点唐突或轻率，但其实歌人长冢节曾长久在我心中存在，把他写成小说的想法应该不算唐突。

这件事的发端是一本叫做《长冢节·生活与作品》的书。

1943年1月由东京神田六艺社发行的这本书初版印了四千册，我弄到这本书的时候住在山形县鹤冈市郊外的农村，是在它出版后的翌年即1944年，当时十六七岁。

这本书为何能吸引这个年龄的我，如今已经无法准确地忆及，但原因之一应该还是与书中引用的《初秋之歌》《回忆乘鞍岳》等短歌作品有关，这些作品中具备了我这个农村文学青年所需求的抒情性以及容易理解的亲切感。此外还有一些东西尽管不似短歌那样明快易解，却仍能构成吸引我心的要素，例如长冢节与黑田照子之间的悲恋所酿出的浪漫氛围，以独身状态在三十七岁终其一生的歌人的悲剧性，还有文章中记叙这些事实时作者那种克制而又蕴含热情的笔法等等。

总之，这本书因此而成为一本我爱读的书，此后我曾经历过长期的疗养生活以及老家的破产，我年轻时的藏书四散八落，它却不可思议地至今留在我的手边。

当然，我也并非开始就狂热地喜欢长冢节，即便是平轮的这本书，我也不是一直放在身边盯着，而是隔个几年偶尔想起时从书橱角落找出来读一下而已。但就是通过这样的阅读方式，节在我的心中终于成了令我怀念的歌人，尤其是近年决定写小说之后，节就作为一位秘藏着非同寻常之谜的歌人，反复在我脑中出现。

于是，事情也许就发展到了这样一步，令我不能不以小说或随笔、戏曲、评论之类的形式说出自己关于长冢节的感想，比如说在与编辑的杂谈中，编辑约我在写完报纸连载之后写点长篇之类时，我突然就冒出了长冢节的名字。正如前面所说，这应该不算是一种轻率的念头了。

不过如今回头再看，我也并非由此便下定决心积极着手开始取材了，在此之前还有一个重要情况。

在《长冢节笔记》出现时，我手上关于节的书依然只有一本《长冢节·生活与作品》。我一方面自己找参考书，一方面托责任编辑 S 君收集尽量多的参考资料，可是结果我还是为自己告诉人家要写长冢节的小说而后悔不已。

第一个原因首先是关于节的资料意外地多，从单行本到各种杂志和学术刊物所载的论文、随笔为数众多，这些文章对节的作品、节的疾病、节的恋爱分别作了详尽的记述。根据当时某杂志对有关明治以来的文人、作家方面的文献所做的统计，长冢节占第七位。

节是个纯粹的歌人，我曾因此以为有关他的文献资料大概不会太多，结果这种预想被完全颠覆，在可谓汗牛充栋的众多资料面前我只有愕然，以至觉得对于节是众人皆知而唯我不知。

原因之二是，在那些堪为参考的著作和文献中，一些精致的长冢节论已达让我觉得无法超越的地步。其中一例是若衫慧所著《长冢节素描》，以熟练的外科医生手术般的明快逻辑，从多方面解剖了节及其作品，我过去因节而产生的人生之谜也大部分在这本书中得到了答案，让我不能不觉得关于节已再无可写的余地。

因资料而受的冲击持续了很久，但我还是觉得自己依然存留着一点为节谈点什么的心情，而且终于出现了一点细微的缝隙。那是 1982 年 3 月的某日，我乘电气列车去节的故乡国生。我在石下的站前旅馆住了一宿，只是看了看节老家的周边和鬼怒川以及下妻的光照寺的菩提树。这次连取材也算不上的个人小旅行之后，我似乎终于下定了决心。尽管是一位薄幸歌人短暂的一生，但其中留存的某种确定性深深打动着我，让我无论如何都要为之献上赞辞。想到自己能做到的大概也就是如此而已，我便变得轻松起来。

无论取材如何重要，要想毫无遗漏地遍寻大旅行家节的旅途足迹，我觉得实在是不可能的。

虽有这样的思想准备，但有一处地方我觉得非去不可，那就是九州的青岛。以青岛为中心的“日向彷徨”对于缩短节的寿命无疑起了决定性的作用，那么他到底为什么要做这次力不从心的旅行呢？关于这个谜，已有几个人试图去做解释。我读了他们的文章后又有了自己的假说，但又觉得不去现场看看则根本无法动笔。作为节的最后之旅的日向旅行对我来说是这位歌人最大的谜团，这次旅行集中地体现了节作为大旅行家、歌人、病人的各个方面。

1983 年 4 月，我由编辑 S 君陪同向青岛出发。我怕乘飞机，所以乘了新干线火车，途中，顺便采访了观世音寺等地方，到青岛海岸时已是东京出发后的第三天早晨。

我们在老旅馆遗址取材并看了植物园中节的歌碑之后，上了谁都想去的小岛，却又因难耐直射阳光的酷热而立刻离开了小岛。

在这途中，我看到了青岛海岸的全貌：左手处是渔港、植物园森林和夹杂在民居中的宾馆大楼等，右手处可远眺白沙青松的海滨以及更前方日向滩上日光辉映的波涛，松林旁还矗立着看似度假宾馆的白色建筑。青岛海岸现在已有宾馆、旅馆二十余家，此外还有不少民宿，作为疗养地和避暑地，这里应该还是一个适宜的地方。

想到此，我觉得节把青岛作为移居目的地，对于一个寻求新的疗养地的病人来说，应该是独具慧眼的。节来这里时，青岛虽已有几家旅馆和民宿，仍无疑还是一个闲寂的渔村，但也正因如此，这里的海水碧蓝，空气清新，不正是一处很好的疗养地吗。

在尝试易地疗养时，节的病情也许已经恶化，可是如果能吃到刚捕获的鱼鲜，得到静心的休养，是应该能够获得某种程度的效果。遗憾的是正当季节的台风和被拒住宿使他不得不离开青岛，让我深感节真是时运不济。

于是，虽说“日向彷徨”是个谜，但我觉得到此为止节的行动都还未脱常识，只是在被迫离开青岛之后的内心世界就不得而知了。

《白瓶》中不能不涉及伊藤左千夫[1]，这是不言自明的，不过我起初并未打算对左千夫花那么多笔墨，可是在浏览左千夫文集的时候，发现节与左千夫的亲密交往中有着一种非同寻常的复杂而重要的关系，便不得不改变了当初的想法。

左千夫那些毫不客气的作品批判再三地伤害了节，后来把节逼到了一种对左千夫爱憎参半的心境。左千夫属于那种争辩高手，年轻的节在应对这种批判方面完全处于下风，因此最后应该终于厌倦。不过，两人之间这种既是好友又是文学方面激烈竞争对手的关系，对于双方作品质量的提高却又起了毋庸置疑的作用。

这些权且不论，在阅读左千夫的评论和书信时，我完全被此人个性之有趣所吸引乃至倾倒，最后终于觉得：为了准确传达这种稀有的人性趣味，唯有直接引用他那些夹杂了错字、漏字的书信，哪怕因此而使小说的形式受到一些损害。

左千夫受到如此重视，其结果却是小说的结构有异于当初的意图，也就是说小说当中不得不加入了和歌的一段流变——

1. 伊藤左千夫（1864—1913）：日本著名歌人、小说家。

从子规开始，经由节再与茂吉联系。

小说在执笔过程中出现的这种意外变化让我措手不及。即以茂吉而言，他在意识方面确实就是个邻村的大叔，可是关于他的准确信息，我又惊人地缺乏，于是就急忙买来柴生田稔[1]所著《斋藤茂吉传》和《续斋藤茂吉传》恶补，同时获蒙准许对书中内容做了不加掩饰的引用，总算应了截稿时间之急。我希望借这篇随笔向柴生田先生表达深深的谢意。

结果，《白瓶》中涉及的短歌流变从根岸短歌会[2]直至“阿罗罗木”，也因此总算让人觉得有了小说的样子。

《白瓶》发表前半个月左右，从1985年10月31日到11月5日期间，我所住的练马大泉学园里的“西友OZ”超市举办了为期六天的新潟县观光展，名为《雪国的生活与文化》。

我恰稍得余暇，便在散步时去看了一下展览。五楼展场展示的一幅展板照片吸引了我的目光，彩色照片的题目是《秋山

1. 柴生田稔（1904—1991）：日本歌人、国文学家。
2. 根岸短歌会：正冈子规主办的短歌结社，后来发展成为“阿罗罗木”流派。伊藤左千夫、长冢节和斋藤茂吉都是其主要成员。

乡》。仰视可见的高空远景中有白雪覆盖的山巅，如雪崩而下的前山峡谷中展开着郁郁葱葱的斜坡，坡上好像是山毛榉林，一个个耕于此居于此的村落攀附在山坡上。这就是秋山乡，一幅雄大的图景。

我刚才写到不可能毫无遗漏地遍寻节的足迹，而这幅秋山乡的展板照片以我所难以想象的姿态存在，似在责备着我的怠慢。

我想，即使在选择旅行目的地的方面，节也有着非同一般的慧眼。他在这人迹罕至、小若研钵般的谷底乡村开开心心地住了一周时间，让我如受重击般地认识了他的不可思议之处。

（《阿罗罗木》1986年1月号）

图书在版编目（CIP）数据

小说周边 /（日）藤泽周平著；竺祖慈译．—南京：译林出版社，2018.8

（藤泽周平作品）

ISBN 978-7-5447-7067-5

I.①小… II.①藤… ②竺… III.①散文集- 日本 - 现代 IV.①I313.65

中国版本图书馆 CIP 数据核字（2017）第 227246 号

小说周边　[日本] 藤泽周平 / 著　竺祖慈 / 译

责任编辑　王　玥
装帧设计　金　泉　沈长磊
校　　对　梅　娟
责任印制　颜　亮

原文出版　文艺春秋，1990
出版发行　译林出版社
地　　址　南京市湖南路 1 号 A 楼
邮　　箱　yilin@yilin.com
网　　址　www.yilin.com
市场热线　025-86633278
排　　版　南京展望文化发展有限公司
印　　刷　恒美印务（广州）有限公司
开　　本　850 毫米 × 1168 毫米　1/32
印　　张　9.875
插　　页　4
版　　次　2018 年 8 月第 1 版　2018 年 8 月第 1 次印刷
书　　号　ISBN 978-7-5447-7067-5
定　　价　56.00 元